Suite Tokio

Giovana Madalosso nació en Brasil, en 1975. Es autora del libro de cuentos *A teta racional*, de *Tudo pode ser roubado*, elegida mejor novela por el Premio Manuel de Boaventura (Portugal), de *Suíte Tokyo*, finalista del Premio São Paulo de Literatura y del 63º Premio Jabuti, novela publicada en varios países y recomendada por *The New York Times*, y de la recién publicada *Batida só*. También es una de las impulsoras del movimiento «Um grande dia para as escritoras», que registró en fotografías a 2.302 escritoras en más de 50 ciudades de Brasil y del mundo.

Suite Tokio

Giovana Madalosso
Traducción de Diego Cepeda

consonni

Autoría **Giovana Madalosso**
Traducción del portugués de Brasil **Diego Cepeda**
Prólogo **Elena Medel**
Corrección **Gemma Deza Guil** y **Sonia Berger**
Diseño de colección y maquetación **Rosa Llop**
Imagen de cubierta **Sara Morante**
Impresión en Galiza **Cosmos Gráfico**

Edición **consonni**
C/ Conde Mirasol 13-LJ1D
48003 Bilbao
www.consonni.org

Primera edición en consonni:
septiembre de 2025, Bilbao

ISBN: 978-84-19490-48-3
Depósito legal: BI 00875-2025

Edición original en portugués: *Suíte Tóquio*, Todavia
livros, 2020
© Giovana Madalosso, 2020 c/o Agência Literária
Riff Ltda
© de la traducción, Diego Cepeda, 2021
© del prólogo, Elena Medel, 2025
© de la imagen de cubierta, Sara Morante, 2025
© de esta edición, consonni ediciones, 2025

Esta obra ha recibido una ayuda a la producción
editorial literaria del Departamento de Cultura y
Política Lingüística del Gobierno Vasco.

consonni es una editorial interdependiente con un
espacio cultural en el barrio bilbaíno de San Francisco. Desde 1996 producimos cultura crítica y en la ac-
tualidad apostamos por la palabra escrita y también
susurrada, oída, silenciada, declamada; la palabra hecha acción, hecha cuerpo. Ambicionamos afectar el
mundo que habitamos y afectarnos por él. Escrito en
minúscula y en constante mutación, consonni es una
criatura andrógina y policéfala, con los feminismos y
la escucha como superpoderes. Nos la jugamos en
las distancias cortas.

MIXTO
Papel | Apoyando la
silvicultura responsable
FSC
www.fsc.org
FSC® C214621

Prólogo

Quince heridas llenas de veneno en el abdomen
Elena Medel

«Estoy raptando a una niña». Maju trabaja en casa de Cacá y Fernanda. Con él le basta el diminutivo, pero para ella recurre siempre a la marca de respeto: «doña». Vive interna salvo la noche del domingo, cuando le permiten que duerma con su novio. Está raptando a una niña. No confiesa, sino que describe: un golpe de voz, y a otro pensamiento. La niña se llama Cora. Maju cuida de ella desde su nacimiento, pero el ascenso laboral de Fernanda aumentó la exigencia para ambas, cada cual con su ferocidad. Intentaré no revelar más sobre la trama, porque en esta historia importa lo que sucede conforme sucede, qué acciones y qué gestos se desencadenan durante la huida de Maju con Cora, ante la reacción de Fernanda. Pero sobre todo importa –pesa, define– lo que sucedió antes: el origen. La decisión de la una que repercutió en la de la otra, el camino de renuncias y sacrificios que recorrieron –por muy injusto que resulte equipararlas–, cuanto les dictaron y cuando desobedecieron, el lugar en el que todo empezó: geográfico y simbólico, la casa pobre de la ciudad pequeña y el apartamento lujoso de la megalópolis.

Todo lo conoceremos en esta espléndida novela de Giovana Madalosso, sustentada en un juego de contrarios: reacción, espejo. Maju y Fernanda comparten edad y espacios, amor por la misma niña, dependencia del trabajo: igual, aunque distinto. Una no ha padecido el sufrimiento de la otra. Una parió a Cora y luego la esquivó, como un obstáculo; la otra la acompaña en su día a día, se asombra con su asombro. La mujer que se traslada de la provincia a la gran ciudad para prosperar, ingenua, frente a la mujer a quien en el mato se le revela aquello que de verdad desea. La mujer que pausa sin dudarlo la vida hacia la que se encaminó –matrimonio, hija, burguesía– frente a la mujer que la sostiene, a cambio de dinero, negándose a su propia vida. Escuchamos primero una voz, luego otra, con sus oralidades guiando tan diferentes. Cuando Maju se instala con la familia, Doña Fernanda le asigna el cuarto de servicio: la *Suite Tokio*. El eufemismo borra la idea –la realidad– de una mujer que desiste de su habitación propia, y se resigna a que el trabajo invada también su intimidad; una escena hacia el final de la novela –la Suite y su significado dominan la narración, aunque solo aparezca entonces– lo resume con violencia.

Leí y he releído *Suite Tokio* como una novela de la identidad. De las personas que somos, de las personas que querríamos ser: Maju pide a Cora que escoja cómo presentarse al mundo en su huida, Fernanda no menciona su deseo como tal, sino desde una broma privada. Esta novela habla de las personas que somos, en fin, o más bien de las personas que nuestras circunstancias nos permiten ser: clase, género, una raza que no se especifica pero se sobreentiende. De aquello que sucede cuando no conseguimos lo que deseamos, y de lo que apartamos –al margen, en descuido u olvido– a cada intento. Madalosso se refiere a esto, a mucho más: los personajes –Maju y Fernanda, no tanto Cora, sí los hombres y las mujeres que comparten sus vidas, Cacá y Yara, Lauro, Ednardo, las doñas– los carga de matices, de claroscuros, de actitudes que comprendemos y de actitudes que nos negamos a entender porque se alejan de nuestra situación, de aquello con lo que nos esforzamos por empatizar pero que percibimos fuera de nuestro alcance, de contradicciones fieramente humanas. Esta actitud la representa el momento en el que Fernanda acompaña a Yara, la directora de cine, en su encuentro con los yawanawa. Un barquero las cruza de orilla; el chico no tiene más de dieciséis años. Fernanda se fija en su abdomen, en las marcas de su abdomen: en las heridas que cicatrizaron, hasta quince, abiertas para llenarlas de veneno de sapo durante los rituales. ¿Para qué ofrecerse y sostener ese dolor? Por orgullo, acaso por el placer que tanto la obsesiona, por valentía. Y una clave: a Fernanda le cuesta descifrarlo, pero incluso en su confusión no juzga.

El cuerpo de *Suite Tokio* muestra sus cortes, las huellas del dolor; en cada señal sobre la piel, un daño nuevo. A mí me ha interesado la cuestión del dinero y del trabajo, de la clase; del poder que las unas ejercen sobre las otras, según lo que necesiten y lo que ofrezcan. Estas páginas se impregnan de esfuerzo y sacrificio: el del «ejército» de uniformes blancos al que pertenece la niñera Maju, el de la otra empleada del hogar –sin nombre– de doña Fernanda y Cacá, el de los taxistas y los camioneros que no duermen, los conductores de autobús y las recepcionistas de motel que cumplen las reglas que les dictan; el de quienes se ocupan de que el mundo gire sin que notemos que se mueve. Y en contraposición –otra vez: reacción, espejo– otro ámbito laboral, los cactus de Cacá y los documentales de Fernanda. Sus clubes de natación, su estatus y sus calles seguras, y luego las bañeras sucias y las tiendas varadas en otro siglo, y luego los entornos originarios, guiados por la intuición y la sabiduría: allá donde se dirigen Maju y Cora, allá donde se transformó Fernanda. Esta historia late animal –hacia ellos mira Fernanda, así estalla todo–, matérica, corpórea: sensorial y poderosa en una escritura que rebosa imagen y música, en un plano más etéreo, y que suda y se mancha de tierra en la traducción exuberante de Diego Cepeda.

Y la maternidad, por supuesto. Cómo la encarna Fernanda, o se niega más bien, y cómo la anhela Maju, pese a todo. El papel que en este sentido cumple Cacá, que ha memorizado datos que a Fernanda no le importan, o el silencio de Lauro, o el verbo inagotable de Yara: la manera en la que el cuidado –remunerado o no, interesado o no– marca a cada personaje. Habla también *Suite Tokio* sobre la conciencia de ser con los demás: cómo desarrollar la individualidad –la identidad propia– en una sociedad en la que te relacionas con personas que pueden compartir tus anhelos y tus opiniones, pero pueden situarse en tus antípodas. ¿Cómo rechazar lo que se te impone? ¿Cómo imponer tú lo que rechazan? ¿Qué significa cuidar a otra persona? ¿Qué ocurre cuando esa intención te anula o eres tú quien asfixia? La maternidad, la atención a un ser indefenso como Cora, la vulnerabilidad de quienes nos rodean, se instala en otro de los centros de esta historia.

(Esta novela interpela más allá de una posible identificación con las protagonistas: a quienes aún no se hayan planteado los dilemas de Maju o Fernanda, a quienes los resolvieran sin demoras, a quienes se sientan incluso en la posición de Cora, Yara o los compañeros. Esa multiplicidad de visiones la debe Madalosso al feminismo: a la conciencia de que la realidad se complica según añadas circunstancias. En ese sentido, traigo aquí su activismo más allá de los libros: pienso sobre todo en el proyecto «Um grande dia para as escritoras»[1], que visibiliza la obra de las autoras brasileñas. Madalosso lanzó la convocatoria abierta para una fotografía de grupo en la Feria del Libro de São Paulo. Acudieron más de cuatrocientas escritoras, de entre doce y noventa y nueve años, publicadas e inéditas, sin importar su condición. La iniciativa se replicó durante meses, abarcando a más de dos mil mujeres brasileñas que escribían: en cincuenta ciudades del país, emigradas a Lisboa, Londres, Tallin o Zúrich. Algunas imágenes apabullan, con cientos de mujeres en grandes ciudades, y otras emocionan: las de unas pocas o una sola en la plaza de un pueblo, mostrando con orgullo su cuaderno,

---

1   https://www.instagram.com/grandediaescritoras/

su libro. Tampoco esquivaron algunas conversaciones vigentes —pendientes— del feminismo, como su transversalidad y su inclusividad. Por ejemplo, en Río de Janeiro y São Paulo existió una segunda fotografía: la de las escritoras racializadas, que prefirieron un espacio aparte. Se han recogido todos los retratos en un catálogo, incorporando los nombres de las participantes a las que se logró identificar, en un mapeo literario inédito de la literatura brasileña.)

Pocos libros me han obsesionado tanto como *Suite Tokio*. Hace años coincidí con Giovana Madalosso y sentí que compartimos muchas intenciones en nuestros libros, con nuestros libros; lo confirmé al devorar esta novela, página tras página huyendo con Maju y Cora y Fernanda y Yara y Cacá y Violeta y Ednardo y el conserje y la niñera que sale en el telediario. Enviaba mensajes a otras amigas con fragmentos que me impresionaban. Hablé y hablé sobre ella, la cité como referencia en charlas y clubes de lectura, localicé ejemplares de la edición colombiana que regalé como un tesoro. Por fortuna, mi entusiasmo se cruzó con la escucha generosa de las editoras de consonni. Ojalá te impresione y te acompañe tanto como a mí esta historia en la que una mujer está raptando a una niña, y lo que sucede antes, y lo que sucede después, y lo que permanece contigo.

Para Carlos y Neuza

Todo amor es un sacrificio.
—Arnon Grunberg

I

Estoy raptando a una niña. Intento apartar ese pensamiento, pero persiste mientras bajamos por el ascensor, saludamos a Chico, salimos por la verja. Son cosas que hacemos todos los días, bajar, saludar a Chico, salir por la verja, caminar pisando solo los baldosines negros o blancos de la acera, pero hoy es distinto aunque realmente no haga nada distinto, porque tengo la sensación de que el ejército blanco me mira. Fue cosa de doña Fernanda, inventar ese nombre, ejército blanco. Y hasta tiene razón, sí, somos un ejército, aún más a esa hora de la mañana, cuando todas llegan a la plaza con sus uniformes blancos cargando bebés o niños y entonces conversan empujando cochecitos y columpios con bebés o niños. Un mundo que hasta ayer era mi mundo pero que ahora parece mirarme con desconfianza. ¿Me habré vuelto loca? Dime, Virgencita, ¿me he vuelto loca? No lo sé, pero por si acaso aprieto el paso, vamos, Corinha, luego juegas a pisar solo los baldosines blancos. Y no cruzo la plaza como haría normalmente, me alejo por la acera lateral. Pero justo ahí el ejército me ve, me encuentro con la nana de la casa vecina, tengo la impresión de que mira mi bolso, en realidad una mochila mucho más grande que el bolsito que llevo todos los días, una mochila enorme, bien agarrada bajo mi brazo, que aprieto a ver si se achica. No le hablo y seguimos caminando hasta que Cora dice: Maju, tu mano está rara, y me suelta los dedos, tal vez para librarse del sudor. Cuando la veo, está agachada, recogiendo del suelo una camelia marchita. Nunca he visto una niña a la que le gusten tanto las flores. Me parece bien una niña a la que le gusten tanto las flores. Por eso no suelo apresurarla como hacen tantas nanas por ahí con sus niños, dejo que Cora huela un jardín entero si lo desea, y además le cargo ese petalerío en mis bolsillos. Una vez olvidé sacarlos del pantalón y lo metí a lavadora y fue lindo verlos, todas las flores girando y centrifugando ahí dentro, pero hoy no se puede, Picochuca, hoy no se puede, y ni siquiera le paso un pañuelo humedecido por la mano como haría normalmente para quitarle los microbios, solo atraigo sus deditos hacia mí, sintiendo nostalgia del vacío de Mandaguaçu, de ese gran descampado de Mandaguaçu, porque aquí en São Paulo no hay un minuto en que alguien no te mire. Como esos taxistas, metiéndose en la vida ajena. Los conozco a todos, solo tomamos el taxi con ellos, gente de confianza del señor Cacá y doña Fernanda. Y justo porque son gente de confianza de ellos, me alejo. Me alejo y subimos por la avenida Angélica. Subimos a un autobús. A Cora le extraña, ¿no vamos en taxi, Maju?, pero también le encanta la novedad, es la primera vez que sube a un bus de línea, me pide sentarse en el asiento del frente, aplasta la nariz contra el vidrio.

La estación no está tan lejos, llegamos en media hora. Miro alrededor para ver si no hay algún conocido cerca, claro que no hay ningún conocido cerca, aun así me apresuro. Meto a Cora en el ascensor, la pobre aplastada entre todo el maleterío, nunca he visto gente que lleve tantas bolsas, los plásticos estallan y le indican hasta a un ciego que el lugar está lleno de pobres. Al menos las puertas se abren pronto, salgo con mi Picochuca, caminamos por un andén desde el que vemos otros andenes, ese montón de gente moviéndose, escaleras mecánicas que suben y bajan, carteles con información, taquillas con colas, tiendas con ofertas. Cora para y se queda así un tiempo, yo tiro de ella, pero no viene. Me agacho para ver qué pasa. Maju, ¿por qué mis ojos son tan pequeños y veo un mundo tan grande?

2

Oigo el móvil sonar, pero decido no contestar. Yara y yo ahora estamos boca arriba después de un largo hoka-hoka. No fui yo la que se inventó el término, fue ella la que me lo contó y luego me mostró el vídeo de las simias bonobos frotando sus órganos genitales unas con otras, actividad que alguien del norte de África decidió bautizar con ese nombre algo cómico, algo sonoro. El presentador del vídeo decía que las bonobos prefieren tener sexo entre ellas que con los machos; los biólogos lo saben porque durante el hoka-hoka las bonobos miran más a los ojos de sus compañeras, se mueven con más emoción. Yara dijo que el presentador tenía razón, ella había visto dos bonobos follando, trajinando con pasión mientras estaba en la Cuenca del Congo. Y realmente trajinaban, no se apareaban como otros animales, porque lo que ellas hacían era una transacción, un intercambio de afectos. Recuerdo pensar que lo que define el verbo no es el sujeto, sino el objeto. Ya me he apareado con algunas personas, pero solo me la he trajinado a ella.

La transacción no siempre es justa. Siempre recibo menos de lo que entrego. Dividendos de la pasión. Nada que atenúe mi forma de verla a ella. Me encantan las cosas banales, como la manera en que sostiene el porro. Incluso su charla diluida por la hierba, que irritaría a cualquiera en estado normal de cordura, me alucina. Me gusta verla nadar a contracorriente de la productividad, haciendo lo opuesto de lo que hago en mi trabajo. Si yo comprimo historias en bloques de diez minutos, en series de ocho episodios, ella transforma las suyas en odiseas, como si realmente viviera en el mundo que tanto ama, regido por los ciclos de la naturaleza y no por las demandas urgentes del dios Smartphone. Esto, y sus senos levemente caídos, como sus párpados ahora levemente caídos, me hacen arrancarle el porro de la mano y besarla.

Suena el móvil. Lo miro de reojo, es mi marido. Silencio el aparato. Comienzo a frotar mis órganos genitales con los de ella, mientras centenas de otros primates conducen allí fuera, con sus rabos peludos en el asiento y el pulgar oponible en el claxon, haciendo susurrar esa selva que nos rodea. Cuando nos volvemos a acostar boca arriba, tengo siete llamadas perdidas en el teléfono.

3

Faltan diez para las doce en el reloj de la puerta de embarque. Saco la autorización que guardé en el libro con cuidado para no arrugarla y pienso que aún puedo regresar, mientras el bus no arranque todavía soy dueña de mis piernas, pero al ver el papel recuerdo que no tendré otra oportunidad como esta y sigo adelante.

¿Adónde vamos?, dice Cora. Creo que es la primera vez que ignoro una pregunta de ella, ocupada como estoy separando los documentos y el pasaje, releyendo la autorización. El señor Cacá fue quien la hizo, firma autenticada en notaría, para que yo acompañara a la menor Cora de Azevedo Cunha a la casa de sus abuelos en Río de Janeiro, un viaje que al fin no se hizo pero que me dio la idea de usar la autorización, válida por treinta días. Y como es hoy o nunca, vamos, mujer, coraje, fíjate que el conductor ni mira a la cara a las personas, le interesa que todo el mundo suba rápido, aquí fuera no cabe ni un alfiler, y hay gente maleducada que solo... ¿No ve a la niña?, le digo a una chica que casi pasa encima de Cora. Para evitar otro tropiezo alzo a Picochuca en brazos, ven con Maju. Ella mira encantada hacia lo alto, hacia el bus de dos pisos. ¿Vamos a ir en ese de ahí? Le digo que sí y le doy un beso, un miedo se apodera de mí, me suda la mano de nuevo, ¿verá el conductor la mano sudorosa que le entrega los documentos? Me imagino a Nuestra Señora Aparecida y, cuando me fijo, él ya está leyendo la autorización. Confirma mi identidad y se ajusta la corbata amarilla, no sé por qué lo hace, ajustarse la corbata, y dice: buen viaje.

Siento mis hombros caer como la maleta que cae sobre el asiento. Comienzo a arreglar nuestras cosas, a tomar lo que necesito, a poner el resto en el maletero. Cora me pincha el brazo, señala la escalera y dice que quiere viajar en el piso de arriba. Me agacho y le explico que no podemos. Maju compró los mejores asientos. ¿Ves ese asiento? Se vuelve una cama. Allá arriba no, allá arriba los asientos son estrechos, no se inclinan, no son para una niña como tú. Quiero ir arriba, repite ella, y al ver que no me muevo, que seguiremos donde estamos, hace pucheros y comienza a llorar. Conozco a Cora, no es de las que hace pataletas, si llora de esa manera es porque de verdad quiere ir arriba, y pienso en llevarla, pero tal vez sea aún peor, porque luego se encaprichará con que nos sentemos en los asientos convencionales. Me quedo de pie, el llanto crece al igual que mis nervios, porque claro que todo el mundo comienza a mirarnos, es justo lo que yo no quería, llamar la atención. Ya veo en el telediario a un pasajero decir: las recuerdo a ambas porque la niña lloró, la niña no quería irse con ella, y para acabar de una vez con cualquier posibilidad de ese tipo y para calmar a Cora la consuelo, le acaricio el cabello, pero, en vez de parar, el llanto aumenta, casi se rasga la boca por la mitad. La pareja sentada frente a nosotras nos mira molesta, anticipando el viaje infernal que tendrán, y yo solo repito: calma, Corinha, dejaré que te sientes en la ventanilla, pero a ella no le importa e insiste: quiero ir arriba, y parece que escuchar la propia voz aumenta su dolor, porque ahora el llanto es aún más amenazante. Qué nostalgia de la época en que usaba chupete, todos deberíamos cargar la vida entera un chupete en el bolso, nadie necesitaría cigarrillos ni calmantes ni uñas, ella ahora chuparía el suyo y yo el mío, los otros pasajeros chuparían los suyos, todos de vuelta al reino del tete. La palabra tete me recuerda otra cosa. El peluche, claro. La oveja que ahora saco de la bolsa y le entrego a Cora, que pongo en sus brazos y, para mi sorpresa, empeora aún más la situación. Cora mira a su compañera y patalea: Bibi y yo queremos ir arriba. Normalmente la dejaría llorar hasta el cansancio, es lo que se debe hacer para educar a la niña, pero hoy no puedo. Comienzo a revolver el bolso, pesco un sobrecito de sal, uno de pimienta negra, cuatro palillos y, al fin, un paquetito de azúcar. Quisiera que Neide estuviera aquí para ver lo que voy a hacer, ella, que dice que juntar esas cosas por ahí es una manía de gente humilde, de quien no tiene dónde caerse muerta. Mira, Neide, mira si es inútil, digo mientras tomo un vaso de agua y le echo el azúcar. Luego se lo entrego a Cora y como la conozco bien, le digo: bebe, Picochuca, pero déjale un poquito a Bibi. Cuidadosa, ella va dejando de llorar, atenta a la cantidad de agua que debe reservar para su oveja. Siento mi respiración calmarse junto a la de ella, felicito a Cora y a Bibi por haberse tomado toda el agua y guardo el vaso, el resto de agua que acusa a la oveja y su panza de no existir en realidad. Enseguida ajusto a Cora en el asiento, le pongo una almohada detrás de la cabeza, la mantita bien estirada sobre las piernas. Ella mira afuera. ¿Adónde vamos, Maju? No puedo decir el nombre de la ciudad, no cerca de los otros pasajeros, y a ella en realidad tampoco le importa, y digo lo que sé que quiere oír: a un lugar bonito. Un lugar lleno de bichitos que trabajan de noche.

4

Entro en el ascensor y veo la hora, nueve y cuarto de la noche. Luego observo mi apariencia en el espejo y hago lo que haría mi hija: presiono el 3 y los botones de abajo. No puedo llegar a casa con esta cara de satisfacción. El rostro colorado, las cejas despeinadas, el pelo revuelto. Mi pelo es fino, el hoka-hoka lo enreda de manera tal que queda hecho un caos. Mientras el ascensor para en el 1, estiro el nudo de pelo hacia atrás y me hago un moño, me aliso las cejas y ensayo la expresión de quien vivió solo un día más de tantos en su vida.

Cuando cruzo la puerta, me doy cuenta de que habría dado lo mismo aparecer con un chupón en la frente. Cacá está en la butaca, inclinado hacia delante, las manos sujetándole cabeza, que parece pesar tanto como una bola de hierro. Dice que ha intentado hablar con Maju desde la primera vez que me llamó, a las siete de la noche, pero ella no contesta. Ya ha llamado a la vecina y a la casa de la mejor amiga de Cora, nada de ella ni de la nana. Le pregunto si ha intentado hablar con mi madre, a veces aparece para llevarse a la nieta a algún paseo; Cacá dice que sí, pero que su móvil no tiene señal. Mi madre tiene una finca cerca de Avaré en un lugar tan escondido que la señal solo llega cerca de una yaca y de una piedra específica, que apodamos Hard Rock Café. Es posible que mi madre haya llevado a Cora a la finca. Después de todo, ya lo ha hecho en varios festivos y fines de semana, llevándose a las dos, a la niña y a la nana, cuando salen del colegio. Llamo a Cida, nuestra empleada, y nos cuenta que Maju y Cora salieron por la mañana con un bolso que parecía más bien una maleta, llevaban un *tupperware*. Nos imaginamos que fueron al club, almorzaron allá, como de costumbre, y tomaron la carretera desde el colegio con mi madre. Impulsado por un destello, Cacá corre al cuarto de Cora y vuelve, diciendo que Bibi se ha ido con ellas. Tardo unos segundos en identificar quién es Bibi, suena al apodo de alguna amiga de mi madre, una de esas señoras pasadas de licor y nostalgia por los viejos tiempos que no salen de su casa. Pero luego recuerdo a la oveja y sonrío con Cacá. Haberse llevado el peluche es otra señal de que se prepararon para dormir lejos de casa. Claro, mi madre debería habernos consultado, o por lo menos avisado. Pero la verdad es que de ella no espero mucho; nunca tuvo la menor consideración por los otros, incluso llegó a entrar en casa y llevarse el televisor sin pedirlo, alegando que el de ella se había roto y que no podía quedarse sin ver su telenovela. Maju, al contrario, es de una consideración exhaustiva, todo el día manda fotos y vídeos de Cora, incluso en momentos banales como cuando se come una manzana o huele una flor. Es medio extraño, entonces, que no haya enviado ningún mensaje, ninguna foto de Cora en la carretera. Eso, concluimos, puede ser atribuido a la falta de batería. Pero no estamos seguros. Decidimos seguir llamando a mi madre y, por si acaso, también a algunas amigas de Cora.

Primero, sin embargo, tengo que relajarme un poco. De los problemas de casa, de los problemas de mi trabajo, de la pasión que me corroe la piel. Me preparo un trago. Con la copa en la mano izquierda y el móvil en la derecha, busco el teléfono de las madres del colegio, pero recuerdo que me salí del grupo. Quien tiene los números actualizados es Cacá. Dejo que él haga las llamadas.

Ya algo borracha, acostada en la alfombra de la sala, oigo a mi marido conversar con mujeres de las que nunca he oído hablar, sobre niños de los que nunca he oído hablar, sobre episodios que no tengo idea de que hayan ocurrido, como un brote de piojos. Mientras él habla con la madre de una tal Bebel, me quedo pensando en qué ocurrió para que me volviera una turista en mi propia casa, flotando en la alfombra con un cóctel en mano y respondiendo a emojis de dedo con emojis de lengua.

5

Al fin, la carretera. No ese montón de favelas que rodean la ciudad como buitres en torno a carroña. Sí, la carretera, esa llanurota que adoro, solo una vaca flaca aquí y otra allá, los cultivos y las casitas, la tranquilidad de las casitas, la tierra que comienza a cambiar de color, de marrón a púrpura, de púrpura a rojo. Le muestro el paisaje a Corinha, pero ella está distraída, mirando el refrigerio que ofrecen en el bus. Cacahuete japonés y galletas de soda, claro que no vamos a comerlo, aprendí con la nutricionista de doña Fernanda que agua y sal tapa los intestinos. Le explico a ella que eso no es bueno, vamos a comer algo mucho mejor. Saco nuestro almuerzo, la ensalada de macarrones con tomate y calabacín que a Cora le encanta. La vieja de delante siente el olor y habla con el hombre a su lado. Amor, si sigue esa cochinada nos subimos. Me parece bien, no quiero saber de nadie que nos haga mala cara, ni se obsesione con nuestra comida, y mucho menos que oiga nuestra conversación, por lo que anuncio bien fuerte: ¡Maju ya va a sacar el pollo!, aún sin tener una presa. La mujer resopla y dice: vamos, que hay sitio arriba. Los dos suben con su equipaje. Qué bien, así puedo hablar tranquila con mi Picochuca. Mientras rasgo el paquete del tenedorcito desechable, le cuento a Cora que vamos a una ciudad llamada Presidente Prudente, lejos, en la porra, más allá del interior. Luego me quedo quieta, masticando, pensando que llegaremos a las seis y media de la tarde y que más o menos a esa hora comenzarán a echarnos de menos, pero todo bien, ya estaremos en un taxi, yendo a Ponta Porã, donde cruzaremos la frontera a pie para llegar a Pedro Juan Caballero, en Paraguay, y ahí creo que le pueden hacer un nuevo documento a Cora. Cuando yo era adolescente, allá en el norte de Paraná, el nieto de una amiga de mi abu contrabandeaba coches en la frontera y, cuando las cosas se complicaban, iba a Pedro Juan a por una nueva identificación. Recuerdo que siempre volvía con zapatillas deportivas importadas, con un cabello y un nombre distintos. Nunca me imaginé que Dios me pondría en el mismo camino de Antônio, que se volvió Serginho que se volvió Pablo que se volvió Diego. Y como fue Dios quien me puso en este camino, no me sentiré mal, cumpliré sus designios. Le digo a Cora que vamos a hacer una bobada, una travesura divertida, cambiarle el nombre. Le pregunto cómo quiere llamarse de ahora en adelante. Moana, dice. Digo que ese no vale, que es demasiado de princesa, demasiado de cine, ¿qué tal uno más normal, tipo Manuela, Carolina o Brígida, como la abu de Maju? Ella no dice nada, está concentrada intentando pinchar el macarrón, pero pienso que luego debo retomar esa pregunta, escoger un nombre y sacar Cora de nuestra cabeza. Creo que va a funcionar, porque tenía su edad cuando mi madre murió, y de esa época no me acuerdo de nada, solo de un colgante que ella tenía en el cuello, una cruz dorada que yo giraba cuando me tenía en brazos.

Le limpio la boca a Cora con una servilleta de la Casa do Pão de Queijo y luego pelo una mandarina. Le quito las semillas, le doy los gajos a ella y le cuento que de Presidente Prudente vamos a ir parando de ciudad en ciudad hasta llegar a Mandaguaçu, nuestro destino final, donde Maju creció, y que ahí verá la vida tan hermosa que tendremos. Despertar en medio de la naturaleza y pasear en el tractor, cosechar hojas de moreras, kilos y kilos, porque las orugas son caprichosas y no aceptan otra cosa. Alimentar a los bichitos a lo largo del día. Tienes que ver cómo comen. Se quedan dentro de un cobertizo y solo mastican, día y noche. Al comienzo no dan mucho trabajo porque son pequeñas, pero cuando llegan a la quinta edad comen seis días sin parar, las bocas ya grandes, los bultitos de la lengua triturando la hoja con fuerza y haciendo el ruido de la lluvia. Comen tanto que tenemos que despertar de madrugada para reponer las hojas, pero vale la pena, porque ahí comienza la parte más bonita, la parte de Dios, cuando las orugas comienzan a soltar el hilo blanco por la boca. Tienes que verlo, Picochuca, los hilitos de seda que les salen de la boca. Y ahí subimos las orugas hasta el bosque, a unos cuadraditos donde cada una comienza a tejer su capullo, su casita. Es lo más lindo. ¿Esas orugas son de verdad, Maju? Digo que sí, claro, pero no debe tener miedo, son buenas. Cuando Maju era niña le gustaba agarrar un puñado con la mano, así, y le muestro las orugas imaginarias entre mis dedos. ¿Y sabes en qué se convierten? En mariposas. ¡Mariposas!, digo, para ver si está encantada, pero ella dice que aún tiene miedo. Le paso la mano por el cabello, que también está hecho de hilos que tejió la naturaleza, y cambio de asunto para calmarla. Le cuento que también vamos a cuidar las otras cosas de la finca, les daremos comida a las gallinas, a los conejos, a los cerditos. ¿Conejos de verdad? Digo que sí y ella aplaude. Me siento bien, me siento tan bien, hablo de la natación que ella practicará en el lago, del jardín que plantaremos dentro de una carretilla, del columpio de neumático que colgaremos en algún naranjo, del perrito que ella al fin tendrá. Luego recuerdo que tenemos que resolver el asunto. Tu nombre, Picochuca, ¿cómo quieres llamarte? Ella lo piensa un poco y dice: Nina, tal vez porque tiene una amiguita llamada Nina. Digo: Nina no, pensando en la manía que tienen los ricos de ponerles nombres tan cortos a sus hijos: Teo, Lia, Noa, Lara, Olga, Max, Oto, hasta Oto le ponen a un hijo, y yo no entiendo por qué tanta miseria. Si las letras son gratis, ¿por qué no aprovechar, poner un nombre que llene la boca? Sugiero uno que saco del libro que estoy leyendo: Rosalind. ¿No es bonito, Picochuca? Ella dice que no, que es feo, prefiere llamarse Elsa como la princesa de *Frozen*. Le digo que Elsa no sirve, es nombre de adulto, la gente va a imaginarse a una mujer y de pronto llega una niña con un peluche bajo el brazo, sería bien extraño. Maju lo dice porque quiere lo mejor para ti. Cora piensa un poco y dice: Ana, como la otra princesa de *Frozen*. Ana es corto, pero no es del todo malo, y debo respetar el gusto de la niña. Está bien, Pichochuca, tu nombre ahora es Ana.

6

Fue la mayor humillación, ser golpeada por una bebé de dos
años. Ocurrió durante un vuelo Río de Janeiro-São Paulo. Volvíamos de un fin de semana en casa de los padres de Cacá. Él
solía volver con nosotras, pero esa vez tuvo que quedarse en Río
para hacerse una pequeña cirugía y, como debía descansar al
cuidado de su madre, volví con nuestra hija. Entramos al avión,
me senté, acomodé a Cora en el asiento de al lado. Cuando iba a
ajustar su cinturón de seguridad, me frenó la mano. No fue ninguna sorpresa, Cora siempre ha detestado los cinturones, de vez
en cuando incluso ponía problemas para aceptar el del asiento
del coche. En el avión, sin embargo, su rechazo fue vehemente.
Me quitó el broche de la mano y comenzó a llorar y patalear con
una fuerza que hasta hoy me impresiona, como si dentro de esa
bebé hubiera un adulto listo para rasgarle la piel y salir. Tanto

que lo intenté de todas las maneras y no lograba cerrar el broche, mientras ella seguía gritando y luchando. Cuando al fin esa cosa hizo *click* sobre el pañal y pensé que el problema se acabaría, vino la sorpresa: me dio una cachetada. Una cachetada sonora, de esas de telenovela, a pesar del tamaño de su mano. No supe reaccionar. Y, entendiendo el poder de su gesto —paralizarme—, me dio otra cachetada, y me habría dado otra si no le hubiera detenido la mano a tiempo, con fuerza, porque en ese momento yo también sentía rabia hacia ella. Un deseo que toda madre ha sentido, que su hijo desaparezca. Que muera por unos segundos. Como resultado del llanto intermitente, toda la fila 14 me estaba mirando. Igual que los pasajeros de la 13 y la 15. La azafata, me di cuenta entonces, estaba hacía un rato estancada a mi lado, observando la escena, pues el avión necesitaba que todos los pasajeros se abrocharan los cinturones para despegar. Y ahora lo habíamos hecho, al fin lo habíamos hecho. Le dije a la azafata: todo está bien, mientras la máquina comenzaba a moverse y yo agarraba las manos de Cora, evitando otro ataque, pero al tiempo, y tal vez sin darme cuenta, agarrando sus brazos con aún más fuerza, lo que hizo que se irritara y gritara más. En cuanto el avión se estabilizó en el aire y la solté, volvió a darme una cachetada. Ya no era un asunto de madre e hija, sino un espectáculo para una platea de pasajeros, algunos con la suerte (o la desgracia) de asistir al drama, otros de solo oírlo, los más curiosos intentando enterarse de lo que ocurría en la chispeante 14F. Fue entonces cuando subí al escenario, sin darme cuenta de lo que hacía. Para intentar calmarla, me levanté y comencé a caminar con ella por el pasillo, bajo los ojos y oídos de todos los pasajeros, balanceándola y cantando versos desesperados de «La gallina turuleca», y de repente apareció su manita y volvió a darme una cachetada. Recuerdo el rostro de las personas en ese momento, muchas me miraban, se dividían en dos bandos: las que me veían con pena y las que me veían con desprecio, creo que preguntándose: ¿cómo puede una madre tener una moral tan nula? Sí, yo también me preguntaba, ¿cómo puedo? Sin saber qué hacer, pues no podía golpear a mi hija, y reprimirla demostró ser aún peor, fui caminando rápido hasta el baño y allí me encerré. Puse a Cora en el suelo y también comencé a llorar. Yo de pie, ella ahí abajo, llorando juntas, por un tiempo tan largo que pareció a punto de atravesar todo lo que yo había sido. Solo volvimos a los asientos cuando el auxiliar de vuelo avisó que el avión estaba descendiendo y, por suerte, Cora estaba tan exhausta que se dejó poner el cinturón.

Al aterrizar agarré nuestro equipaje con la cabeza gacha, salí del avión con la cabeza gacha. Solo me libré de la vergüenza cuando entré en el taxi, dejando atrás todo y cualquier mirada que pudiera haber presenciado mi derrota. Abrí la ventana, esperando tal vez que el viento se llevara lo que sentía. Me quedé así, el rostro hacia fuera, mientras Cora se dormía en mi regazo.

Cuando llegamos a casa, la puse en su cama y fui a mi cuarto. No logré dormir, a pesar de estar exhausta. Me quedé pensando de dónde venía la rabia que mi hija sentía por mí. Una rabia por ser subyugada, tal vez la misma que yo sentía por estar subyugada al papel de madre. Y Cora lo notaba. Aunque no lo sepamos del todo, siempre lo sabemos. Ella incluso debió percibir mi angustia por una decisión que también la afectaba. En esos días había recibido una oferta del canal de televisión en que trabajaba para dejar de ser directora de contenido y volverme productora ejecutiva, el cargo más alto de la oficina en Brasil. Primero dije que no, porque sabía que si lo aceptaba tendría que relacionarme con Los Ángeles, trabajando en el horario de aquí y en el de allá, y tendría muy poco tiempo para mi hija. Pero, claro, no estaba en paz con mi decisión. Era un cargo que quería y entendí que ser madre frustrada era un pésimo negocio, pues terminaría transfiriendo toda mi amargura hacia mi hija. Era mejor pasar menos horas juntas, pero que fueran, como dicen los gurús pedagógicos, tiempo de calidad.

Aún no era medianoche, decidí llamar a mi marido para contarle que había cambiado de parecer y aceptaría la oferta. Él no lo cuestionó, era yo quien sostenía la casa, era yo quien decidía esas cosas. Después de colgar, estuve en duermevela, tanto que escuché a Maju llegar y comenzar a moverse cerca del armario del pasillo. Me puse una bata y fui hacia ella. La llevé a tomar un café en la cocina. Debía ser seductora, en cierta manera todo dependía de ella. Usé la experiencia que había adquirido al contratar gente para mi equipo: ofrecer un valor razonable y aumentarlo enseguida, dando la sensación de que entregaba más de lo que había planeado, de que la oferta era fuera de lo común y por lo tanto irrecusable. Hice eso con Maju, pero aun así ella estaba reticente, tenía una buena razón para estarlo. Recuerdo que en ese momento me sentí medio satánica, fumando un cigarrillo con el cabello desgreñado y esa bata roja, proyectándole las bondades de un futuro colmado de dinero, un futuro que tal vez —incluso por aceptar la misma oferta— no llegaría, o tal vez sí, ¿cómo saberlo? Y tal vez sería bueno, ¿cómo saberlo? Y tal vez habría sido aún mejor si Maju fuera astuta y me hubiera pedido más dinero, porque ella no lo imaginaba, pero en ese instante lo habría dado todo: ¿cuánto cuesta que duermas aquí mismo, seis salarios mínimos y el anillo de oro en mi dedo? Aquí está, te doy el salario de un editor de vídeo. Pero Maju era demasiado humilde e inocente para soñar con más de lo que Dios o su patrona le ofrecían. Tanto que, después de que aceptara, sentí lástima por ella. Para compensarla, transformé el cuarto de servicio en un lugar claro, moderno y dotado de comodidades como televisión y minibar, un cuarto que podría perfectamente ser la suite de un hotel japonés. Por eso, y para sentirme menos esclavista, lo bauticé como Suite Tokio.

Un mes después, un salario nuevo aparecía en la cuenta de ella, al igual que en la mía. Me quedé viendo esa cifra sin saber qué hacer. Pensé en irme de viaje, pero no era el momento de hacer vacaciones. Pensé en comprarme una joya, pero ya tenía algunas y no me sentía un quilate más feliz por eso. Tras conversar con una amiga, tuve la idea de comprar arte. Fui a una galería donde había un lienzo de Adriana Varejão, pequeño pero impactante: una sauna de azulejos blancos manchados de sangre. Compré el regalo y lo colgué en la sala, explicándole a Cacá que el lienzo costaba una fortuna, pero lejos de ser una extravagancia, era una inversión, un patrimonio que le dejaríamos a nuestra hija.

7

Cora se duerme. Me acomodo en el asiento, miro por la ventana. Todo allí fuera pasa muy rápido. Tengo la sensación de que mi vida es la que está pasando, veintisiete años de São Paulo que desaparecen de un borrón. ¿Cómo puede tanto transformarse en tan poco? Llevo conmigo a Cora, un fajo de dinero y cinco prótesis dentales. El resto es memoria, es todo lo que tenemos, pero al mismo tiempo no es nada. La memoria es un hijo que nace muerto y se descompone. Cuánto lucho para que Lauro no se descomponga. ¿Si pienso en él todo el día lograré que su rostro nunca desaparezca de mi cabeza? Porque borré las fotos y los vídeos en un ataque de rabia después de lo que me hizo, solo quedaron las fotos y los vídeos que mi cabeza quiso guardar, y me quedo pensando cómo hace nuestro cerebro esa selección, porque hay cosas que desaparecen y otras que se quedan tan enteras que solo les falta un botón de *play*. Como nuestro comienzo. Yo trabajaba con doña Tarsila, fregaba esa acera todos los santos días. Es decir, de lunes a viernes. Ellos no tenían hijos, ella y el señor Ronaldo, pero ella tenía un montón de manías que causaban problemas, como ese cuento de limpiar la acera frente a la casa, un servicio que yo debía hacer con la manguera y una fregona todos los días, lloviera o hiciera sol. La lluvia de São Paulo ensucia más de lo que limpia, decía doña Tarsila, y ahí iba yo a lavar lo lavado, a lustrar lo lustrado, preparando la acera para que no sé quién la lamiera, porque ella ni salía de casa, se pasaba todo el día leyendo y comiendo chocolate, con las posaderas en el sofá, y oliendo a talco, porque le encantaba echarse talco en los pliegues de la piel para evitar el sarpullido. No se levantaba ni para atender el teléfono, alardeaba de nunca haber lavado una taza. Y era verdad. Yo solo podía dormir una vez que el señor Ronaldo y ella se acostaban, cuando ya no había posibilidades de que apareciera un cuchillo sucio de requesón en el fregadero, por ahí a las diez, once de la noche. Cuando invitaban a sus amigos a cenar, generalmente los viernes, tenía que quedarme hasta la madrugada para limpiarlo todo. Esas veces, me pagaban un taxi para que me devolviera a casa, y fue así como Lauro apareció. No me fijé en él de inmediato porque no soy de las que se fijan en hombres. Hasta entonces solo había tenido uno en mi vida, el celador de uno de los tantos lugares en los que trabajé, en la avenida Franca, y fui tan triste con ese celador, porque yo era una tonta de diecisiete años, el hombre se ofrecía a ayudarme con las bolsas del mercado y yo creía que quería ser mi novio, el hombre me abría la puerta del ascensor y yo creía que se quería casar. Hasta el día que me llamó al cuartucho, allá en el último piso, y entendí lo que quería. Me tapó la boca con un paño que olía a limpiametales y me puso a cuatro patas en su cama sencilla, mi sangre manchaba la sábana de flores y él repetía: la putita es virgen, la putita es virgen, el olor a Brasso me quemaba las narinas. Después de ese día, nunca volví a limpiar la vajilla sin llorar, fui conocida por pulir con Brasso y lágrimas la platería de mi patrona. Y claro que nunca más quise saber de ningún hombre. Por eso ni siquiera miré a Lauro, ese viernes yo iba en el asiento trasero del taxi hablando conmigo misma, hasta que él comenzó a cambiar la emisora de radio, se detuvo en una canción y me preguntó: ¿esa le gusta? No soy una mujer que escuche música, no tengo tiempo para esas cosas, solo dije: mmm-hmmm, y seguí en lo mismo, pero unos minutos después, cuando comenzó la propaganda, él cambió de nuevo la emisora y preguntó: ¿y esa le gusta? Esa vez reconocí la canción. Era «Chico Mineiro», la escuchaba mucho cuando era niña en el interior de Paraná. Le dije que me gustaba. Él dijo que también le gustaba, y subió el volumen. Tonico e Tinoco comenzaron a cantar de la manera en que la gente hablaba en Mandaguaçu. *Alembrando, úrtima, viajemo.* Sentí a mi abu a mi lado y mis ojos se humedecieron. Lauro me vio por el retrovisor y sonrió. Ese día no volvimos a hablar. Le di el dinero y tomé el cambio, pero sentí que él se quedó esperando a que entrara por la verja oxidada de mi casa antes de arrancar e irse.

Dos semanas después, el señor Ronaldo llamó a la estación de taxis y Lauro volvió a aparecer. Todo fue igual pero algo distinto, como es siempre la vida, todo igual, pero algo distinto. ¿A la misma dirección?, preguntó, y asentí con la cabeza. Enseguida sintonizó una canción, ¿esa le gusta?, y así fuimos todo el camino, él buscando emisoras y preguntando si me gustaba lo que escuchaba, subiendo el volumen cuando decía que me gustaba mucho. A la hora de irme, lo mismo, solo arrancó después de que la cancela rechinara. Así fue durante semanas, meses. Claro, no siempre tenía la suerte de irme con él. Venía el primer taxista en atender la llamada, pero después de un tiempo Lauro comenzó a venir cada vez más, se dio cuenta de que el señor Ronaldo siempre llamaba los viernes hacia la una de la mañana y estaba alerta, era el primero en la fila esperando a que sonara el teléfono de la estación. Yo también me preparaba, comencé a usar ropa que veía en el escaparate cerca de la terminal, todo medio apretado, como si hubiera faltado tela, unas blusas que luego abandoné porque no tenían nada que ver conmigo, pero en esa época me gustó vestirme así. Y labial, usé labial por primera vez, un color medio rosado cuyo nombre todavía recuerdo: Dulce Veneno.

Ya me conocía unas veinte canciones que a él le gustaban y ni siquiera sabía que se llamaba Lauro, porque el desgraciado era tímido como ninguno. ¿Y yo qué? Era un armadillo en persona. Mejor dicho, un avestruz, la cabeza metida en la ventanilla. Pero no era un silencio malo. Como más tarde descubrí, Lauro era un hombre de pocas palabras, yo también, el alarido siempre se queda en mi cabeza, así que era un buen silencio, la conversación de quienes no disfrutan conversando. Hasta que un día llegó el Carnaval y doña Tarsila decidió hacer una fiesta de disfraces y yo no me imaginé que él iría a recogerme tan tarde un lunes festivo. Pero claro que vino, yo ni siquiera estaba arreglada, sin labial ni baño, sudada, después de aspirar confeti de la alfombra. Recuerdo que me solté rápido el cabello antes de entrar al taxi, esperando que el cresperío me adornara el rostro y apartara la atención de mis ojeras. Ni siquiera tuve que decir a dónde íbamos, él ya lo sabía, así como yo sabía lo que haríamos en el camino, escuchar canciones, solo que no sabía cuáles serían, y eso también me gustaba, no saberlo. Solo que esa noche todo fue distinto, porque era Carnaval.

Doña Tarsila vivía en el Alto de Pinheiros, y para llegar a mi casa teníamos que cruzar la Vila Madalena, con todos esos bares y gente en la calle. Y cuando llegamos a la calle Fradique no hubo otra, tuvimos que parar en la esquina porque estaba pasando el Carnaval, gente que se caía de lo borracha pero firme con el bombo y la trompeta, una chica con los senos fuera cargando una bandera. Lo recuerdo bien porque nuestro coche fue el primero que tuvo que detenerse para que pasara la boyada, el tránsito fue acumulándose detrás de nosotros. Era una situación que irritaría a cualquier conductor, pero Lauro era Lauro, no era de los que se molestan en vano, se quedó viendo a la gente, unos chicos con sostén, una chica vestida de odalisca, otra con hábito de monja. De repente, Lauro hizo algo que nunca había hecho, apagó la radio. Me pareció extraño, ¿qué le ha dado a este hombre?, pero luego comencé a escuchar la música. *Se você fosse sincera, ô ô ô Aurora*. ¿Esa le gusta? Asentí con la cabeza. Qué bueno que le guste, porque no hay manera de cambiarla, dijo, y nos reímos, y seguimos mirando al frente, al ganserío que pasaba. Después de un tiempo, sin mirarme, comenzó a hablar. Dijo que había nacido en un pueblo llamado Picinguaba, en el litoral de São Paulo, hijo de pescador. De pequeño se quedaba con su madre, tejían cestos por la mañana y limpiaban camarones por la tarde, pero cuando iba a cumplir diez años, comenzó a subir a la *jangada* con su padre y pensó que era bueno no tener que quedarse quitándole la mierda a los siete barbas con un palito. El mar tenía una calma que le gustaba, solo que también estaba la red, esos peces que luchaban por vivir ahí dentro. Claro, ningún pescador que se respete piensa en eso, en la agonía del animal ante la muerte, pero él era un niño y pensaba, o solo era débil y pensaba. El hecho es que un día pescaron un pargo de unos doce kilos, un pargo con la cola roja y el cuerpo dorado, un pez que parecía pintado por Dios, y él no aguantó ver esa cosa bonita luchar, reventándose la cola contra el casco del barco. Tomó al pargo entre sus brazos como un bebé y se quedó arrullando a la criatura, algo que ni su madre hacía con el hermano menor, cantando y susurrando: calma, calma... Hasta que el pescado paró de sacudirse y murió en sus brazos. O casi, porque poco antes de que el animal se retorciera por última vez, Lauro recibió una bofetada en la cara, dada por su padre con tanta fuerza que le quebró la nariz, llenó de sangre su camiseta y al pargo. ¿No ve que de este lado está más torcida?, me preguntó Lauro, girando de perfil mientras el Carnaval seguía pasando. Nunca me había fijado, dije. Y realmente nunca me había fijado, porque solo le veía la nariz de un lado, el lado que daba hacia dentro del taxi. Cuando cumplí catorce años me fui de la casa, vine a São Paulo solo, me dijo. Luego se quedó quieto, mirando de nuevo al frente. Quise consolarlo, pero claro, no podía hacerlo, se vería mal acariciar a ese hombre. Decidí entonces consolarlo como podía, contando algo de mí, lo cual no era fácil porque, Nuestra Señora Aparecida, como soy tan tímida, mi corazón trota de solo pensar en decir algo, pero reuní fuerzas y hablé, conté que me crio mi abu, que siempre fuimos solo las dos y que cuando ella sintió que iba a morir, intentó conseguir una casa para que yo trabajara en São Paulo, porque quería que yo fuera a la universidad, trabajara de día y estudiara de noche. Por eso vine, porque ella me mandó, me puso la dirección en la mano, calle Artur de Azevedo, 143, y yo vine agarrando el papel y llorando desde Mandaguaçu hasta aquí. Cuando llegué, descubrí que la patrona tenía un bebé y también tenía que cuidarlo de noche, lo cual no me pareció malo porque adoro a los recién nacidos, pero durante años me sentí mal por no haber honrado el deseo de mi abu Brígida y volverme profesora. ¿Y quería ser profesora?, me preguntó Lauro. Yo dije: no, y nos reímos, y oímos los pitos, el Carnaval había pasado y podíamos avanzar.

Fuimos a mi casa como siempre, sin hablar, escuchando la radio. Cuando llegamos, él no se detuvo frente a otro coche, fue a estacionarse en un puestito justo delante de mi verja. Le di el dinero de la carrera, pero no quiso tomarlo, me devolvió el billete, bajó del taxi y me abrió la puerta. Luego caminó conmigo hasta la verja y dijo: ¿puedo? Sentí miedo, algo raro, el olor a

Brasso en la cabeza o la nariz, no sé bien, pero luego Lauro me sostuvo el bolso para que yo buscara la llave de la puerta y me sentí tranquila de nuevo. Sé que tranquila no es la palabra, mis manos estaban sudadas, ese hombretón arreglado que entraba a mi casa, yo preocupada por ver si todo estaba limpio, escondí de inmediato un trapo que había dejado encima del lavadero, dije: perdón el desorden, pero él ni lo vio, fue derecho al equipo de sonido junto al televisor, un tres en uno que recibí de doña Tarsila y que nunca había encendido. Agarró uno de los vinilos que también me regalaron, dijo: ¿puedo poner el de Elton John? Sacó el disco con cuidado, puso la aguja. Yo no conocía esa canción, ahora sé cuál es, porque luego volví a oírla varias veces, «Blue Eyes». Y, cuando alcé la vista, ese hombretón estaba cerca de mí, la mano levantada, sacándome a bailar. Me acerqué a él, mi nariz a la altura de su barba, y sentí un buen olor que me hizo enrojecer. Pensé: deja la bobada, mujer, y de solo pensar en lo boba que estaba siendo me sonrojé aún más, y antes de que Lauro lo notara, dije: voy por algo, ya vuelvo. Busqué en mi bolso la máscara que alguien había dejado en la fiesta, un rostro lila con una lágrima blanca, un rostro triste pero bonito, doña Tarsila dijo que debía ser del Carnaval de Venecia y sí, podía llevármela, pensé que se vería chic colgada en mi sala, nunca imaginé que me la pondría en la cara esa misma noche, pero de repente tenía puesta la máscara, veía a Lauro por los ojos recortados, su mano de nuevo en el aire, esperándome. Seguimos con «Blue Eyes» hasta que ese hombre me cargó en brazos y me acostó en el sofá, fue quitándome bien lento la blusa y soplando, uno a uno, los confetis pegados en mi escote por el sudor.

Después de esa noche, Lauro fue a buscarme todos los viernes al trabajo y se fue quedando cada vez más tiempo conmigo, sábados y luego fines de semana enteros, hasta que un día apareció con todos sus trastos y un televisor de cuarenta y tres pulgadas, puso sus zapatos junto a los míos, su Biblia junto a mis libros. Yo dormía donde doña Tarsila de lunes a jueves, y el viernes cuando él me recogía sentíamos una nostalgia que nos ocupaba toda la madrugada, el sábado nos despertábamos tarde, siempre los últimos en llegar al mercado. A él le encantaba escoger lo que iba a hacer para el almuerzo, le gustaba el pescado, creo que le recordaba a su madre, me enseñó a descamar de una manera que no conocía, ambos apuntábamos al fregadero, cada uno limpiando con un cuchillo, a veces un codo tropezaba con el otro y nos reíamos. Luego él comenzaba a cocinar y a beber cerveza, el trapo de cocina siempre sobre su hombro, un disco sonaba, no podía faltar que en algún momento me sacara a bailar. Me trataba de Sumercé, porque decía que yo era del campo, y hacía todo por mí. Un día apareció con una perrita, ahora que yo me quedo en la casa puedes tener perro, dijo, y bautizó a la perrita: Biônica. Creo que realmente no sabía lo que esa palabra quería decir, pero le parecía chistosa, ¡Biônica!, gritaba, lanzando una pantufla para que ella la recogiera. Más o menos en esa época, doña Tarsila y el señor Ronaldo decidieron ir a vivir en Guarujá, y tuve que buscar otro empleo. Fui a parar donde doña Fernanda, y al comienzo estaba feliz porque trabajaba el mismo número de horas que donde doña Tarsila, pero ganaba más y solo cuidaba a la niña, a Corinha, que en ese entonces era una bebé. Solo que no sé qué le dio un día a doña Fernanda, llegué un lunes temprano y ella estaba tomando café con cara de quien no ha dormido, su bata roja toda torcida, el cabello desgreñado. Dijo que tenía una propuesta que hacerme, me preguntó si quería ganar más dinero, en vez de dos salarios, tres mínimos para trabajar de interna, con solo un domingo de descanso cada quincena. Agradecí la oferta, es pecado despreciar la abundancia, pero dije que no podía, que Lauro y yo queríamos tener un hijo, no me funcionaba ir a casa solo una vez cada quince días. En aquel entonces ella aún fumaba, recuerdo que encendió un cigarrillo, sacudió la ceniza en el primer plato que encontró, dijo que yo le agradaba mucho, por eso iba a hacerme otra propuesta, cuatro salarios y plan de salud. ¿No quería tener un hijo? ¿Ha pensado en la maravilla que sería dar a luz en un hospital privado? Pero para eso tengo que embarazarme, doña Fernanda, y entonces me preguntó si mi ciclo era regular. Como un reloj, dije, y contestó que podíamos hacer lo siguiente: yo me tomaría un domingo cada quince días, y el día en que estuviera ovulando, solo teníamos que hacer la tablita, también podía dormir en mi casa. Tendría derecho a una noche de visita conyugal al mes. Esas palabras me incomodaron al instante, visita conyugal, parecía cosa de convicta, pero luego doña Fernanda se puso a hablar de dinero, que ese valor sería mi nuevo salario, con prestaciones, que podría financiar una casa, poner a mi hijo en un colegio privado, esas cosas. Dije que tenía que hablar con mi marido. Fui a mi cuarto y lo llamé. Lauro me dijo que preferiría que no aceptase, pero como no tenía manera de ofrecerme lo que doña Fernanda me ofrecía, que hiciera lo que mandara mi corazón. Fui a la ventana del área de servicio y me quedé mirando hacia fuera, recordando la cola de mujeres en la agencia de empleo, recordándome a mí misma cuando buscaba trabajo, a las patronas que decían haberme adorado en la entrevista y que me iban a llamar para comenzar de inmediato, pero que nunca me llamaban. También me quedé pensando en lo que mi abu Brígida pensaría si rechazaba un salario de esos, salario de profesora. Así que le dije a doña Fernanda que sí, que aceptaba.

El día de la visita conyugal, Lauro cancelaba la carrera que tuviera para ir a buscarme, íbamos a la casa oyendo música, yo en el asiento de copiloto, a su lado, cada uno con la mano en el muslo del otro, él me llevaba en brazos hasta la cama, y estuvo bien algunos meses. Había días en los que Lauro y yo estábamos cansados, o que pasaba algo que agobiaba a uno de los dos, y ninguno allí tenía dieciocho años, éramos un señor y una señora de cuarenta y tantos, a veces no había gusto que animara a ese hombre, aun así dormíamos abrazados. Hasta el momento en que el amor también comenzó a faltar, porque cuando yo llegaba a casa el domingo ya era tarde, ya no había más mercado ni pescados para descamar juntos, ya no había un día entero para que Lauro se alegrara con cerveza y me sacara a bailar, y así, lentamente, nos alejamos cada vez más, como si la mesa de la cocina en que comíamos hubiera crecido entre nosotros, metros y metros de mesa en medio de nosotros, hasta que ya no nos oíamos, no nos entendíamos como antes. Todo eso lo sé ahora, en ese entonces no sabía lo que estaba ocurriendo, nuestro amor era esa fruta que comienza a pudrirse desde abajo sin que nadie lo vea. Solo sé que, lentamente, Lauro dejó de recogerme donde doña Fernanda, de hacer la comida, de abrazarme de madrugada, hasta el día en que llegué a la casa, en una noche de visita conyugal, y sentí un anzuelo gigante en el pecho porque Biônica no salió a recibirme a la verja, y eso nunca antes había pasado.

Abrí la puerta, presintiendo ya lo que iba a encontrar, o lo que no iba a encontrar, porque no había casi nada. Faltaban la hamaca en la esquina de la sala, el cesto que su madre tejió, la caja de herramientas y la Biblia en el estante, la ropa en el armario y la perrita, se había llevado a Biônica. Grité como cerdo en el matadero, ¿cómo se había ido sin hablar conmigo? Luego me arrodillé en el suelo del cuarto y lloré, lloré como no lloraba desde la muerte de mi abu, sintiéndome abandonada de nuevo, por Lauro, por mi perrita y por el bebé que nunca llegué a tener, y cuanto más pensaba más me dolía, porque ni siquiera había manera de culpar al desgraciado, él se fue como llegó, sin decir una palabra, era su estilo, y se llevó a Biônica porque sabía que yo no podría cuidarla, me ahorró un problema. Solo de pensar en eso y en la televisión de cuarenta y tres pulgadas que me dejó lloraba más, de rabia y amor, de amor y rabia.

Intenté llamar a Lauro varias veces, le dejé un montón de mensajes, pero nunca me respondió ni devolvió la llamada, lo cual me confirmó que se consiguió a otra, que tampoco quería hablar conmigo para no tener que contármelo. Quedé tan mal que durante semanas lloré en el trabajo, hasta el punto en que doña Fernanda, que ni siquiera andaba por casa, lo notó y me preguntó qué estaba ocurriendo, y yo no podía decir la verdad, porque si ella sabía que Lauro se había ido, se acabó el descanso quincenal, se acabó la visita conyugal, me haría vivir en la Suite Tokio, y claro que yo no quería, una quiere tener una casa para, de vez en cuando, poder sentarse en el sofá, escoger qué comer, dejar un vaso sucio en el fregadero. Le dije a la señora Fernanda que estaba triste, pero no sabía por qué. Ella dijo: eso es depresión, no puede pasarle esa tristeza a Cora, la voy a llevar a mi psiquiatra. Me sentí agradecida, sabrá Dios cuánto cuesta una consulta de esas, pero por supuesto no acepté, mi problema no se resolvía con medicina. Para que ella se quedara tranquila, le dije que la llorera iba a parar. Unos días después descubrí algo curioso: una puede ahorrar el llanto como ahorra las monedas. Lo guardaba toda la quincena y el domingo de descanso abría el baúl, la llave era el disco de Elton John, me acostaba en la sala con las cortinas cerradas, ponía «Blue Eyes» y lloraba hasta despertar a los vecinos.

8

Estábamos, junto a otras cuatro concursantes, en el escenario de un programa, una tarima naranja y azul rodeada por la audiencia. El presentador nos desafiaba a encontrar el cráneo de nuestros respectivos maridos en la pila frente a nosotras. La que lo encontrara más rápido era la ganadora. La pila era enorme, una montaña de casi dos metros de altura, una osamenta sobre la otra, como restos higiénicos de un ritual macabro. El presentador dio la señal de salida. Fui a la cima de la pila junto con las otras concursantes: agarré un cráneo y lo sostuve en el aire como Hamlet, pero luego lo dejé, era demasiado grande para ser el de Cacá. Agarré otro y otro, todos eran parecidos. La dentadura humana, cuando está cerrada, da la impresión de una sonrisa, una curiosa armonía entre el humor y la muerte, pero ninguna de esas muecas parecía ser la que buscaba. Seguí hurgando en el cementerio, los huesos haciendo ruido, el público vibrante, una participante encontrando el suyo. Es Roberto, la oí gritar. Corría en tacones altos con un cráneo minúsculo en la mano, que luego puso en un pedestal en el que se encendió una luz indicando su victoria. Aplausos para ella, gritó el presentador. Y de inmediato: la prueba continúa. Las otras y yo seguimos buscando, hasta que una mujer exclamó: Ernesto. Y otra: Flavio. Y otra: Reinaldo. Me quedé sola con la pila, ahora toda esparcida, los cráneos rodando por el escenario, yo a gatas en busca de la cabeza de mi marido. ¿Tiene los cuatro molares?, gritó una voz del público, y me di cuenta de que no lo sabía, y antes de que respondiera, oí una carcajada colectiva, tan intensa y al tiempo contenida que parecía de una claque. Tal vez fuera una claque. Agarré un esqueleto cualquiera y mentí: es él. Luego corrí al pedestal que quedaba, ajusté esa cosa y sentí caer una lluvia de confeti sobre mí, pero ya no había nadie en el escenario ni en el público.

En ese entonces, no entendí el sueño. Tal vez porque el inconsciente siempre va un paso por delante y, como todo visionario, parece delirante o incomprensible para quien aún está en la neblina del presente. Después fue cuando entendí algo: la distancia que me separaba de Cacá. No es que nuestro matrimonio fuera malo, pero era un matrimonio, con la fuerza fúnebre sutil de la mayoría de los matrimonios. Y con una ausencia de conflicto tan grande que no importaba lo que ocurriera bajo la superficie, todo siempre parecía estar bien.

Creo que eso fue lo que me atrajo al comienzo, que todo siempre parecía estar bien. Nos encantaba salir a beber y bailar, ser los últimos en abandonar la fiesta, volvíamos a casa conversando a la hora que fuera. Lo que para otros sería un defecto de Cacá, no lo era para mí. No le iba muy bien en ningún empleo. Estudió arquitectura, pero no quiso trabajar en ello. Se volvió maquetista, pero tampoco prosperó. Luego comenzó otros negocios, como los terrarios, unos minijardines que estaban de moda y le parecieron prometedores. Pasaba el día encorvado sobre los globos de vidrio con una pinza en la mano, pegando casas, champiñones y hombrecitos junto a cactus y suculentas que, en esos universos, parecían secuoyas. Recuerdo el tiempo que le dedicó a poner un balón en la mano de una mujer de tres centímetros. Era complejo, porque el objeto debía quedar flotando –¿qué poesía hay en un balón abandonado a ras del suelo?–, y templar el hilo fue un infierno que Cacá atravesó de rodillas, secando el cordón con pegamento al sol. Claro, el valor de cada terrario no justificaba el tiempo empleado, pero mantenía a mi marido en casa, cuidando todo lo que yo no podía cuidar. Lo que, en el fondo, era también su plan, pues Cacá tenía un don para la vida doméstica; había nacido para cuidar. Cuidar de lo que fuera, de los cactus, de nuestras jardineras, de Cora, de mi madre, de nuestros amigos, de la remodelación del apartamento, de nuestras fiestas, de la receta de la cena. Yo no podría hacer todo lo que él hacía ni aunque quisiera, por lo menos no con la misma levedad, y yo admiraba eso en él. Y entendía que, de la misma manera en que yo debía ir lejos para florecer, él debía encorvarse sobre las cosas pequeñas.

Claro, el sexo no era como para despertar a los vecinos, aún menos después de que Cora naciera. Les ocurre a todas las madres, ¿cómo calentarte cuando dejas de ser un individuo? Porque durante un tiempo, que pueden ser días, meses o años, la madre se vuelve una carne doble, conectada con un segundo e invisible cordón al hijo parido. En ese periodo tuvimos relaciones poquísimas veces. Luego nos estabilizamos con un promedio suficiente para la supervivencia en sociedad. No era un mundo perfecto, pero como aprendí con Cacá, los mundos perfectos no existen ni en los terrarios, donde los corazones son de epoxi. Todo estaba bien para mí. Yo trabajaría, él cuidaría de la casa, saldríamos una vez a la semana a bailar, viajaríamos dos veces al año, compraríamos la membresía de un club. Mejor dicho, estaba lista para morir. Hasta que la vida vino a buscarme de nuevo.

Era la primera reunión de producción de *El buen salvaje*, una serie por la que yo apostaba, porque le daba un codazo a la idea de que existen animales buenos y malos, y daba una perspectiva más completa de los grandes depredadores. Para hacerlo, decidí dejar a un lado el formato viejo del documental de observación y darles al caimán yacaré, a la nutria ariray, a la serpiente, al jaguar y a los otros una dramaturgia digna de cualquier gran personaje, con momentos de heroísmo, villanía, compasión y hasta romance. Lo otro que hacía a la serie prometedora era que nueve de diez episodios se grabarían en Brasil, con bajísimo costo de producción, para después ser vendidos en dólares. Por eso, ese martes insistí en ir junto con mi equipo a la reunión con la productora que grabaría la serie, en un moderno galpón en la Zona Oeste de la ciudad.

Contando a los funcionarios de nuestro canal y de la productora, éramos casi quince personas distribuidas en una mesa larga y ovalada. Yo no sabía quién era ella, ni ella sabía quién era yo, y no llegaron a presentarnos, pues cuando la reunión iba a comenzar apareció el colibrí. Entró a la oficina por la puerta que daba al jardín y, una vez entró, no pudo salir de nuevo. Fue a la parte superior de la pared de vidrio y allí batió sus alas, intentando volver al jardín a través de la transparencia. Todos lo veían. Siguieron unos segundos de silencio, nadie sabía qué hacer. Confieso que, si hubiera dependido de mí, el colibrí habría muerto: yo no entendía nada de aves ni de sus necesidades. La verdad, las entendía tan poco como a la fauna en general. Hasta cuando me ascendieron, apenas me encargaba de los documentales de arte y de viaje, solo después pasé a ser responsable de todo lo que el canal producía en Brasil, incluyendo el contenido animal. Por eso pensé que no debía hacerse nada, hasta que vi a una chica con vaqueros y camiseta poner una mesa junto a la pared de vidrio. Gasta demasiada energía, dijo ella, subiéndose a la silla y luego a la mesa. Si se queda mucho tiempo sin comer, morirá. Creo que alguien dijo: baja, te vas a caer, pero la chica ya tenía la mano en cuenco, capturando al colibrí y bajando de la silla, pisando el suelo. Para mi sorpresa, vino hacia mí. Tal vez porque estaba cerca de la puerta del jardín. Tal vez por esos motivos que ni nuestros documentales logran explicar. Dirigiéndose solo a mí, mostró el colibrí, acostado de espaldas en su mano. Dijo que me fijara en sus ojos. Lo hice: eran dos bolitas minúsculas, completamente negras y relucientes, e iban de un lado a otro. Quiere entender dónde está, me dijo. Cuando lo entienda, volará. Luego fue al jardín, esperó a que el pájaro se ubicara y se largara de su mano. Volvió enseguida a la oficina, se sentó en la mesa. Tardaron un poco en decirme quién era ella, y en esos minutos, aun sin saber su importancia o lo interesante que era, me sentí atraída. No físicamente, nunca me había calentado una mujer, ni siquiera podría identificar ese sentimiento en su primera ebullición, sino que me sentía atraída a mirar su cara, a descifrar algo que no podía identificar. Me sorprendió cuando dijeron que ella iba a dirigir la serie. Por su currículo, que había leído, imaginé que sería mayor, y por lo que veía no alcanzaba a tener treinta años. Pero tampoco podría decir que era una chica, tenía una voz grave y segura, y expuso su visión de la serie con una habilidad que pocos directores tienen, hablando apenas lo necesario, de manera que no paralizara su trabajo después, mirándome todo el tiempo, pero también a todo el equipo, con una consideración rara de ver. También me di cuenta de que tenía un acento extraño, parecido al de los norteamericanos pero más suave, y cierto sentido del humor, pues cuando subrayé la importancia de que ella cumpliera el calendario, dijo para tranquilizarme que lo cumpliría, solo quedaba saber si la ariray disfrutaría trabajando con los viáticos impuestos por mi Excel. Salí de la reunión sin una fecha de entrega garantizada, lo cual nunca me había ocurrido.

9

Incluso en sueños los niños deben ser más libres que el adulto. He cuidado a muchos, y todos se mueven de la misma manera cuando duermen, un giro para allá y para acá, hasta que van creciendo y se quedan cada vez más quietos, como si los sueños aprendieran a caber en el tamaño de la cama. Ese aún no es el caso de Cora, debe estar soñando que es una bailarina, ya ha rodado sobre mí, dejándome en la esquinita del asiento, y ahora debe estar agradeciendo al público, pues se inclina hacia el otro lado, tocando la ventanilla con la cara. Recoloco sus hombritos en el respaldo, no aguanto ver a mi Picochuca con la boca abierta para los gérmenes del transporte colectivo. Agarro el pañuelo húmedo para limpiarle el rostro. Ahora no me incomoda tanto, pero hubo una época en que casi me enloquecía, pensaba incluso que veía los microbios, no el microbio en sí sino el grupo de ellos, y me ponía a limpiar, limpiaba a Corinha, desinfectaba todo lo que veía ante mí. Cuando Lauro se fue, dejé ese cuento y comencé a ver otras cosas, lo grande y lo pequeño. Hasta ese entonces nunca me había fijado, pero si se mira bien cualquiera lo ve, el mundo está lleno de parejas de algo grande y algo pequeño. La flor y el retoño. La casa del frente y la de atrás. El plato y los platillos. Los animales y sus crías. Y las personas, lo peor eran las personas, en todas veía un mundo de cosotas y cositas, y creo que lo veía de esa manera porque no encontraba eso en mí. Y para recordarme que todos los meses sangraría y seguiría siendo lo grande y solo, esa pintura en la pared, un baño todo sucio de sangre. Cuando lo veía incluso sentía dolor de barriga, porque para mí el cuadro era un anuncio. Tu regla volverá, Maju. Vas a morir sola.

Y entonces recordé otra oportunidad que tuve, con el niñito de Neide. Ella me ofreció tantas veces su bebé. Desde que supo que estaba embarazada, la muy descarada. Porque esa sí era bien descarada. La había conocido en pleno descaro, en la plaza Buenos Aires, en medio del ejército blanco, la única distinta, cuidando a un niño y leyendo un libro. Me fijé en ella porque también me gusta leer, pasé bien lento frente a ella para ver la portada: Colección Pasiones Picantes. Terminamos siendo amigas y descubrí que nos gustaba lo mismo, leer historias de amor, solo que yo prefería los libros normales y ella los que tenían chiles rojos debajo del título. Neide era así con la lectura y con el resto de las cosas. Tal vez por eso me cayó tan bien. Mientras las otras nanas competían, contando que tal niño ya estaba en un colegio bilingüe, que tal niño había ido a esquiar en las vacaciones de julio, como si el hijo fuera de ellas, pobres, y no de su patrona, Neide solo quería hacer el amor. Siempre que veía a Neide, sin excepción, o estaba leyendo o meneando las nalgas con el hijo de la patrona frente a los porteros. Algún día incluso le pregunté:

oye, Neide, ¿ese niño no se queja por quemar tanta suela frente a la portería de la Maison Blanche? El chico debía pensar que allí había algún tesoro, de tanto que se pateaban la calle frente al edificio. En ese entonces ella ya tenía a Raquelly, la niña tenía siete años. Fue el primer embarazo de Neide, de un constructor que se largó al nordeste cuando ella aún tenía la barriga pequeña. Pobre mi amiga, dijo que temblaba cuando fue a contarle del embarazo a doña Andreia. Y, sorpresa, dijo que Neide podía seguir trabajando. Que le cambiaría el horario a la otra empleada, con quien compartía el cuarto, para que trabajara solo de día y tuviera espacio para el bebé. Desde que Neide compensara la ausencia de la otra, claro, porque doña Andreia no las tenía a ambas dentro de la casa día y noche porque sí. Aunque yo creo que era medio así, ¿quién necesita dos empleadas de madrugada? Doña Andreia, la misma que necesitaba una empleada al borde de la piscina que sostuviera su caipiriña y no correr el riesgo de que un niño la derribara —y no por el niño, sino por la bebida—. Me cansé de ver eso en el club, un sol como para derretirse y a Neide de pie, al lado del borde con la caipiriña en la mano, esperando a que esa pecosa estirara la cabeza hacia afuera para chupar de la cañita. Me parecía absurdo, pero no podía decirle nada a Neide, Dios nos libre de hablar mal del patrón de otra. Pero luego vino el otro embarazo, de Renan de la Maison Blanche. Neide vino a buscarme con la prueba de la farmacia, el simbolito de + en el marcador. Recuerdo que le dije: ay, mujer burra, y le di una palmada en la espalda, y luego un abrazo, porque la boba lloraba hasta sacudir los hombros. Neide estaba segura de que era de Renan, pero él decía que no, que era mejor que no lo fuera porque estaba casado, era padre de tres hijos, ay de ella si le aparecía con un bastardo para destruir su familia. Neide entró en pánico porque, claro, doña Andreia no iba a aceptar a otro hijo suyo en la casa. Tendría que buscar otro empleo, irse a vivir a Capão, dejar a alguna vecina cuidando de sus hijos. Pero luego comenzó a pensar en Raquelly, en cómo esa mudanza afectaría la vida de la niña. Tendría que salir del colegio privado que pagaba doña Andreia, quedarse sola en casa cuidando a un bebé, ocho años y cuidando a un bebé, lejos de la vista de Neide. Seguro que a los doce estaría haciendo trabajos varios, no se le puede pedir peras al olmo. Y Neide decidió que era mejor tener un hijo recto que dos chuecos. Le daría el bebé a alguien. Como ella no tenía familia, solo unos primos lejanos por allá en Espírito Santo, me lo ofreció, pero no quise, en esa época buscaba tener un Laurinho. Y ahí comienza una historia infeliz, porque a Neide le pareció mejor esconder el embarazo. Al comienzo fue tranquilo, porque usaba un delantal blanco y su barriga iba bien escondidita bajo el bolso, pero luego comenzó a engordar, no solo por el embarazo, sino porque cada día estaba más cerca de entregar al niño, y parecía que tuviera flojo un tornillo, el lunes escogía nombres, Rodrigo, Brian, Marcelo, el martes buscaba un lugar donde pudiera dejar al bebé apenas lo pariera. Tuvo que contarle a doña Andreia que tenía un problema hormonal, ese que deja perezosa la glándula. A Raquelly, que la veía desnuda, le dijo que su barrigón era por una enfermedad y que su llanto de todas las noches en la cama era de dolor. Pero los niños lo saben todo, y me dijo que de noche Raquelly le acariciaba la sandía y lloraba también, sin abrir el pico.

Llegó el día y las contracciones comenzaron alrededor de las diez de la mañana. Neide quería ir a la Fundación Santa Casa, pero la otra empleada había salido de vacaciones y ella estaba sola con los niños, tenía que darles el almuerzo y dejarlos en la ruta. Cuando el bus arrancó, a la una menos diez, Neide ya estaba sudando de dolor y entendió que no había tiempo para llegar a ningún lado. Se acostó en el suelo del área de servicio y parió ahí mismo, cortando el cordón umbilical con unas tijeras de costura. Como pretendía abandonar al bebé en el pabellón de maternidad, no sabía qué hacer y no tenía tanto tiempo para pensar, porque la señora Andreia llegaba con los niños a las siete de la noche. En ese rato me llamó, preguntando si de verdad no quería quedarme con el niño. Luego se quedó esperando a que aliviara el dolor del parto. Cuando se sintió un poco mejor, comenzó a organizarlo todo. Bañó al niño, lo vistió con un mameluco, le puso un chupete en el cuello. Se sacó la poca leche que pudo y la puso en un biberón. Luego fue por una bolsa. Quería la más fina que encontrara, no en el sentido de finura, las de plástico no servían, eran demasiado suaves, sino en el sentido de fineza, de darle a su hijo lo mejor posible, era la única oportunidad que tendría de darle algo. Descartó las de supermercado, las de panadería, las demasiado pequeñas, las demasiado largas, las que tenían algún olor, las que estaban sucias, las que tenían dibujitos de niña, las que tenían asas de papel, una que era buena pero tenía escrito Ricardo Almeida y podrían pensar que ese era el nombre del bebé, hasta llegar a la ideal: ancha, de papel duro, base con forro doble, asa de cordón, un dibujo bonito y algo escrito en inglés.

Se quedó con el bebé hasta el último minuto posible. Luego bajó por el ascensor con la bolsa llena, pañales y biberón dentro. Con la cabeza gacha pasó frente al portero, por la portería, caminó dos cuadras hasta la calle Río de Janeiro y allí dejó la bolsa, debajo de un árbol. Luego caminó un poco y se quedó entre un arbusto y un banco, no se iría hasta ver a alguien recoger al niño. Diez minutos más tarde pasó un hombre que se fijó en la bolsa, tal vez el bebé hizo ruido, Neide no lo supo, de lejos no podía escucharlo. El hombre se agachó, miró ahí dentro, agarró la bolsa sosteniendo la parte de abajo, lo cual le pareció bueno a Neide, de una persona cuidadosa.

A las nueve estaba limpiando la mesa cuando vio la televisión. No podía creerlo, era ella en el noticiero nacional. La imagen de una cámara de la calle Río de Janeiro mostraba a Neide caminar con la cabeza gacha, sujetando la bolsa. Luego un policía mostraba al niño envuelto en una manta y una reportera decía cosas que ella no entendió, porque estaba nerviosa y le prestaba atención al hijo, intentando ver si estaba asustado con todo lo que pasaba. Esa noche Neide fue quien pidió dormir en la cama de Raquelly.

Los días siguientes mi amiga iba con la cabeza gacha por el barrio, para esconderse de las cámaras y para ocultar el llanto. Creyó que lo peor ya había pasado, y tal vez fuera verdad, pero los problemas también vienen en parejas de pequeño y grande, y cuatro días después, cuando pasaba de nuevo por la calle Río de Janeiro, Neidinha vio a dos agentes en la acera que la miraban. Uno de ellos se acercó y le puso unas esposas, diciendo que estaba siendo capturada por el crimen de abandono infantil. Dijeron que la descubrieron al examinar las cámaras, al ver que los días anteriores ella había pasado con la cabeza gacha por la calle Río de Janeiro, un comportamiento extraño e igual al de la madre que abandonó a su bebé. En la comisaría, Neide supo que el niño había sido llevado a servicios sociales, mientras ella fue llevada a una celda, donde se quedó dos días. Cuando salió, la calle estaba repleta de metomentodos y reporteros, un pueblo que gritaba: maldita despiadada, ¿por qué hizo eso? Neide me dijo que pensó en Renan, en Renan haciendo sudokus en la tranquilidad de su portería. Y, sin saber bien qué contestar, solo gritó: angustia, angustia.

Cuando Lauro se fue, pensé varias veces en esa historia. Me arrepentí de no haber cogido al niño, pensaba que habría sido mejor para mí, para él, para Neide. Pero ahora, viendo a Cora a mi lado, creo que fue mejor así. Si hubiera cogido al niño, no estaría acariciando el cabello de mi Picochuca, volviendo a Mandaguaçu y sintiéndome feliz, como un niño que aún no cabe en la cama.

10

Estaba acostumbrada a acompañar grabaciones en ciudades en las que los artistas escogían vivir: São Paulo, Río de Janeiro, Recife, París, Tánger, incluso la Capibari de Tarsila do Amaral o el Brodowski de Carlos Portinari. Ahora, sin embargo, tenía que ir donde estaban los yacarés. Todo era tan nuevo para mí que ni siquiera sabía cómo vestirme. Se iba la pañoleta que usaba para aguantar el aire acondicionado de los estudios y los museos, pero ¿qué entraba? A las cinco de la mañana tuve ánimos de probar algunas variaciones de lo que había llevado; descarté la camisa porque me parecía formal, el chaleco lleno de bolsillos porque me parecía ridículo, y escogí al fin un pantalón deportivo, una camiseta y unas gafas oscuras que escondían mi cansancio y además me transformaban en una figura pintoresca: mirando el amanecer a través de dos lentes *blackout* de marca frente a un hotel de Corumbá.

El conductor no tardó en aparecer. Son dos horas de aquí a Nhecolândia, me dijo, y el nombre del municipio sonó más absurdo que nunca; me hacía sentir que aún soñaba, envuelta por el naranja del horizonte. Pensé en aprovechar, dormir hasta llegar a mi destino, o al menos hasta alejarme del paisaje átono de la mañana, pero mi teléfono ya estaba lleno de correos enviados por los gringos de Los Ángeles, por los dedos que trabajaban en otro huso horario y me hacían despertar todos los días con el buzón de entrada a reventar. Solo aparté los ojos de la pantalla cuando sentí que ya nos acercábamos, al pasar por la recepción.

El hospedaje tenía un cuarto con cuatro colchones, un baño, una cocina y una terraza con una mesa rústica de madera. Dejé mi maleta en el suelo del cuarto, junto a otro equipaje que ya estaba allí. Me di cuenta de que el cuarto no tenía aire acondicionado, ni siquiera un ventilador, lo cual me dejó con cierto mal humor, irritada con la vieja agarrada que estableció un costo de producción tan bajo para la serie. Que, en este caso, era yo. De todos modos, aunque hubiera aumentado el presupuesto, ¿dónde nos quedaríamos? No había nada mejor por allí, ningún bar de hotel en el que pudiera tomarme un trago, por lo que traté de enfocarme en lo que había más allá de la ventana.

De camino a la grabación pasamos por lagunas naturales que, según el conductor, eran llamadas bahías en Pantanal: depresiones en las que el agua se acumulaba, creando formas como gotas y corazones. Estacionamos cerca de la punta de un corazón profundamente verde y vi de inmediato a la directora, a quien no veía desde la reunión, con el ojo sumergido en la lente, la lente casi sumergida en el agua. Tenía el pelo amarrado en un moño mal hecho, la boca entreabierta, sorprendida por algo que veía. Cerca de ella había otra cámara, comandada por una mujer de cabeza rapada con una argolla grande en la oreja, que deduje que era la directora de fotografía. Y junto a ellas, un chico tan joven que daba miedo, que me hizo dudar si tenía la edad y la experiencia para manejar ese equipo de sonido. Una preocupación que olvidé cuando Yara apartó los ojos de la cámara, me sonrió y asintió de manera simpática, para luego ponerse el dedo sobre la boca en señal de silencio y volver la vista a donde antes estaba. Me quedé allí, esperando el momento de presentarme al resto del equipo. Pasaron quince minutos, y nada. Yara, la directora de fotografía y el técnico de sonido seguían inmóviles. Tan inmóviles que por un instante tuve la impresión de que eran tres figuras de cera retiradas de Madame Tussauds e insertadas en un paisaje insólito. Decidí sentarme a la sombra de un árbol, donde respondí todos los correos y mensajes que tenía pendientes. En algún momento percibí que había pasado una hora desde mi llegada. Luego, al levantar la mirada, vi que algo al fin había cambiado. La directora de fotografía y el técnico de sonido seguían en el mismo lugar, pero Yara ya no estaba allí. Miré a mi alrededor hasta escuchar el ondear del agua, y enseguida salió de ahí dentro la directora, cámara en mano. Corrió hacia la orilla, hizo señas para que me acercara. Me presentó rápidamente a Herta y a Felipe. Luego, mostrándome el visor de la cámara, dijo: la escena de romance que usted quería. Vi dos yacarés acercarse bajo el agua, el más grande de espaldas, retorciéndose sobre el pequeño, que asumí era la hembra, y quedándose así unos minutos hasta que sus cuerpos volvieron a separarse. ¿No es increíble?, preguntó, sus ojos aún fijos en el visor. Lo era, de hecho. La rudeza de los yacarés desaparecía en la suavidad de los gestos suplantados por el agua, como si de hecho existiera amor, y el amor fuera capaz de transmutar carcasas torpes en acróbatas. Pero Yara chorreaba, goteaba a mi lado, y eso también me llamaba la atención, el hecho de que no le importara el agua turbia que le caía del pelo a la cara, mientras veía por segunda vez la escena. Después de eso dejó la cámara con Herta, pidió permiso y se fue a no sé dónde.

Intenté darle conversación a la calva, preguntándole qué le parecía la grabación. Ella levantó el pulgar y dijo: bieeeeeen, la palabra así, alargada, y enseguida soltó una sonrisa. Indagué si habían logrado capturar muchas imágenes el día anterior y ahí vino de nuevo el pulgar, sin ninguna palabra. Luego guardó la mano en el bolsillo y siguió sonriendo, dándome la impresión de que sufría de algún trastorno mental o de que era uno de esos genios extraños, con una percepción aguda para la estética y un cerebro lento para el resto. Decidí hablar con Felipe, que me dijo que el día les había rendido bastante, pero no quiso contarme detalles y volvió a manipular sus micrófonos, claramente intimidado con mi cargo, un comportamiento al cual yo ya estaba acostumbrada. Para alivio de mi ímpetu verbal, Yara reapareció con la ropa seca, retorciéndose el pelo. ¿Qué tal el monólogo?, me preguntó entre risas, y me contó que Herta era una directora de fotografía fabulosa, pero que no hablaba portugués ni inglés. Se habían conocido en Rumania, filmando bisontes en los Cárpatos. A Yara le había impresionado la luz que Herta lograba capturar, una luz densa y melancólica que se acercaba al cine, a películas de serbios como Kusturica. Me gustó lo que decía, me encantaba ese director.

Luego me mostró algunas escenas grabadas el día anterior. Una hembra de yacaré nadaba en una laguna junto a dos crías. En algún momento, la hembra y su cría mayor se apartaban de la menor. Otro yacaré entraba en escena y devoraba a la pequeña, los pedazos de carne destrozados en pocos segundos. ¿Qué es eso?, pregunté sorprendida. Hambre, respondió Yara con displicencia, como si ese acto de canibalismo fuera lo más normal del mundo. Y lo era, para esa especie. Como Yara me explicó, no era raro que los machos se comieran entre ellos, incluyendo a las crías. Lamentable para los animalitos pero conveniente para mí, para la jornada que pretendíamos dramatizar, pues demostraba que el yacaré también podía ser el villano de sí mismo. Compartí ese pensamiento con ella, pensando que era brillante, comenté que ya teníamos escenas de villanía, conquista, romance, compasión, pero me hacían falta otros motivos, como la rabia. ¿Y cómo voy a mostrar eso?, preguntó Yara. A través de la expresión del yacaré, aventuré. Los yacarés no tienen músculos en la cara, no tienen expresiones faciales. Son como... Bruce Willis. En ese momento solté una carcajada. Ella continuó: no fui tan directa contigo en la reunión porque no podía, pero creo que tu idea de humanizar a los animales es una bobada. Quedé sorprendida, era raro que un empleado se dirigiera a mí con tanta honestidad. Tranquila, soy profesional, haré lo que me pediste, pero debes saber que la belleza de los salvajes es precisamente que no se adecúan a nada. Enseguida sacó un porro del bolsillo, en pleno horario de trabajo, lo encendió e incluso me ofreció. No acepté, claro. Mi humor en ese instante estaba más para un Rivotril, pues mis neuronas estaban agitadas, la mitad pensando en el enfoque de la serie, la mitad encendiendo la hoguera de mis hormonas. Lo disimulé, dije que ella podría entender de animales y de dirección, pero la que entendía de producción de entretenimiento era yo, la serie ya había sido vendida de esa manera y si el canal invertía dos millones de reales en ella era porque el enfoque era atractivo, pero claro que podíamos flexibilizar la forma, podíamos conversar al respecto. Aún conversaremos bastante, dijo ella con una sonrisa maliciosa.

Apareció el productor local de la serie, traía sándwiches y bebidas. Mezclé mi fibra soluble con el zumo, mientras Yara y Matuto hablaban sobre un granjero de la región, ella preguntándole cómo estaba un tal Norberto, yo pensando cómo podía conocer tan bien a los que vivían por allí. En ese momento comenzó a sonarme el móvil; eran los gringos despertándose al norte del ecuador. Contesté correos, vi las escenas de otra producción en curso y, cuando volví, el equipo estaba de nuevo en la orilla del corazón, de donde salía un yacaré, las patas delanteras sacando su acordeón de gajos hacia la tierra. Fue el primero, luego vinieron los otros: yacarés de todos los tamaños saliendo del agua como si sonara una trompeta audible solo para ellos. Eran tantos que pensé que no dejarían de emerger, que saldrían sin parar de la garganta del planeta por la boca de la laguna hasta poblar el mundo, pero no, claro, el número se estabilizó y deduje que era solo la población atendiendo la llamada de la trompeta solar. Tostándose. Lagarteando, como me dijo Matuto. A fin de cuentas, era una escena bonita de ver, la cordillera de cascos marrones y casi inmóviles que rodeaban la laguna. Tanto que el equipo lo estaba grabando e incluso yo me levanté para tomar una foto y enviarle la imagen a mi CEO.

No mucho tiempo después escuché a Yara gritar: es ella. Y enseguida: rápido, la lanzada. Matuto corrió hasta donde estaban los equipos, agarró un cable extenso con una banda elástica en la punta y se lo pasó a Yara. Con el pertrecho en la mano, ella se acercó a un yacaré apartado en la orilla de la laguna. Herta y Matuto se ubicaron detrás de Yara, como si ya supieran —y probablemente sabían— lo que ocurría. Se acercó lentamente, en cuclillas, hasta llegar cerca del animal y enlazarle la banda elástica en la boca, cerrándola y sellando cualquier amenaza. Hecho esto, tocó el yacaré. Le pasó la mano entre los ojos. Lento. Y lloró. Lo sé porque la vi limpiarse las lágrimas con el dorso de la mano. Luego soltó la banda elástica, liberando al animal. Era una gran escena para una serie de suspense o de aventura, pero era la vida, en episodios de veinticuatro horas y sin edición. Por eso, antes de llegar al clímax en el que le preguntaba por su relación con el reptil, tuve que pasar el resto de la tarde sin mayores acontecimientos: el regreso con el conductor, el baño enrarecido del hospedaje, la dificultad de hacer que mi intestino funcionara con gente que esperaba al otro lado de la puerta.

Era de noche cuando al fin nos sentamos para comer. El ruido de los animales creaba un escenario más rico que cualquier imagen. Me acomodé en medio de esos sonidos, escuchando también el crepitar del fuego, pues Matuto nos hacía un asado de cerdo. Nos sentamos cerca de él. Yara, Herta, Felipe y yo. Matuto y el asistente de sonido comenzaron a hablar acerca del fuego.

Herta, como siempre, se mantuvo ajena, no por la barrera lingüística, sino porque parecía disfrutar de quedarse en su mundo, o mejor, en nuestro mundo, por entero y sin interlocutores, conectada a algo que yo no sabía qué era pero que parecía bueno, y que parecía volverse aún mejor a medida que la rumana tomaba pequeños tragos de cachaza de la botella. Eso le encanta, comentó Yara. A veces creo que acepta trabajar en Brasil solo por eso. Le pregunté si siempre trabajaban juntas. Yara dijo que siempre que era posible. Además de ser una gran profesional, Herta era de origen gitano. Aguantaba como nadie la vida nómada del documentalista. ¿Y tú de dónde eres?, pregunté, aún intrigada por su acento. De Las Cruces, una ciudad que nadie conoce. ¿Nuevo México?, le pregunté. Ella me miró, sorprendida. ¿Cómo no conocerla? Es la ciudad con la mejor enchilada del mundo, dije. Yara estalló en una sonora carcajada. ¿Cómo terminaste tú en Las Cruces? Le conté que amaba viajar. Que ya no lo hacía tanto porque mi marido era de quedarse en casa, que yo tenía una hijita y un cargo ejecutivo que me ataba a la oficina, pero que en el pasado había sido productora de programas de viaje. Y en una de esas producciones pasé por Las Cruces, donde grabé la enchilada de tres metros de diámetro que, abierta, parecía más un trampolín cubierto de salsa. Y también grabé a la mascota de la fiesta, el chile bigotón con botas y sombrero, ¿cómo se llama? Creo que es Twefie, contestó Yara, entusiasmada con los recuerdos que yo debía estar resucitando. Me contó que se fue de la ciudad cuando era pequeña, a los seis años. Su padre era biólogo y su madre antropóloga, solo terminaron en Las Cruces por el doctorado de ella. Luego vivieron en varias ciudades y países, persiguiendo a los animales del padre y a las personas de la madre. También viví en distintas ciudades, le conté. Aunque que por un motivo algo menos glamuroso: mi padre bebía, apostaba, comenzaba a deberle a mucha gente. Llegaba el momento en que la situación se ponía fea y mis padres decidían volver a comenzar en otro lugar. A veces creo que por eso me gusta tanto el cine, porque mientras me integraba a cada nueva ciudad mataba la soledad en las matinés. Yara se inclinó hacia mí. Qué coincidencia. También mataba la soledad en el cine, cuando había uno en la ciudad. Pero no me parece mala la vida nómada, me acostumbré a vivir así, creo que no sé vivir de otra manera. Ella iba a decir algo más, pero Matuto nos interrumpió sirviendo el cerdo y pasándole a Yara una jarra con forma de cuerno. Ella bebió y me la pasó. ¿Ha probado el tereré? Dije que no. Me explicó que era una especie de mate helado. Puso agua para mí y revolvió el mate ahí dentro, llevándome a pensar de nuevo en la intimidad que tenía con ese lugar, con esa cultura.

Todos comenzamos a hablar de la comida, de lo bueno que estaba el cerdo. Mientras comía, aproveché para responder algunos correos hasta que sentí el olor a mi lado. Era Yara: fumaba un porro, las ascuas brillaban fuerte en la noche. Me ofreció, volví a rechazarlo. Seguía en horario de trabajo, eran las tres de la tarde en Los Ángeles. Herta tampoco quiso, estaba saciada con su cachacita. Matuto agarró el porro y siguió hablando acerca de un barco que se había hundido en la zona, en la bahía de Chacororé, en el siglo XVIII. La embarcación se volvió famosa porque los lugareños juran que, en noches de luna llena, la popa sube a la superficie y se pueden escuchar las voces y carcajadas de los tripulantes. Es una leyenda, dijo Felipe. Matuto contestó: puede ser, pero el barco existe. Él había acompañado a un grupo de buzos allá abajo, lo vio con sus propios ojos. La estructura está corroída, hace que el barco parezca un castillo de otro mundo y los peces le dan vida a todo, brotan de cada ventana, de cada huequito. Miré a Yara de reojo. Estaba en cuclillas, la boca entreabierta, como un niño que espera la página siguiente del libro. Herta también estaba atenta, tuve la extraña sensación de que lo entendía todo. Matuto le pasó el porro a Felipe, que le preguntó sobre los ruidos allá abajo. En ese momento un perro apareció y se acomodó al lado de Yara. Ella comenzó a acariciarlo. ¿Ya habías estado aquí?, dije. Ella mostró esa sonrisa maliciosa. ¿Por qué lo preguntas? Conoces hasta al perro. Ella soltó una carcajada. Nunca he visto a esta criatura. Pero sí, ya había venido varias veces, dijo. Luego se sentó, mirándome. Me contó que hablaba bien portugués y conocía Brasil porque su madre era brasilera. Y también porque su padre era un especialista en caimanes, iba a menudo por allí para estudiar al caimán, que es el nombre científico de Bruce Willis, el yacaré de Pantanal. Me contó que la vida de su padre era ese animal; mientras la humanidad vive huyendo de ellos, su padre y ella se pasaron la vida corriendo detrás de los caimanes. Por eso vivieron en Florida, en Australia, en Egipto, en Tanzania y Corumbá, donde el padre investigaba. Ahora entiendo tu amistad con ese yacaré, le dije. Yacarona, me corrigió. Y luego me contó que no era cualquier hembra. Era CAI-3, llamada así por ser la tercera caimán registrada en el estudio de su padre hacía treinta y un años, cerca de la época en la que Yara nació. En ese entonces CAI-3 también era una bebé, se subía al pie del padre de Yara, le mordisqueaba los dedos. Él la acompañó casi a diario hasta que tuvo un metro veinte, y Yara tiene un recuerdo de ese momento: el padre le hacía cosquillas a CAI-3 debajo de la boca y ella cerraba los ojos. Volvieron a Las Cruces y, cuando regresaron a Pantanal, CAI-3 ya era una chica de metro ochenta y el padre ni siquiera pensó en hacerle cosquillas, perdería los dedos, pero siguió cuidando de ella como si fuera una hija. O un amuleto. Porque los otros yacarés del proyecto estaban muriendo, depredados por otros animales, y CAI-3 seguía firme y fuerte, recibiendo pinchazos. Gran parte de la gratitud del padre con CAI-3 era por la cantidad de hipótesis que había logrado desarrollar con sus muestras. Claro, no siempre era fácil. Hubo una vez en la que CAI-3 debía estar premenstrual, dijo Yara, porque su padre la sacó del agua, le hizo un ultrasonido y, antes de que le arrancaran la lanzada, la yacaré salió caminando. Eso era un problema, pues si CAI-3 volvía al agua con la boca amarrada, no lograría comer y moriría. Yara salió corriendo y se sentó encima de la caimán —se hace siempre que se quiere inmovilizar al animal—, pero CAI-3 reaccionó. Se giró y presionó a Yara contra la camioneta. Ella escuchó un clac, era el hueso rompiéndose. Después de contármelo me agarró la mano, la llevó debajo del cuello de su camisa y deslizó mis dedos hasta su hombro, donde había un bulto óseo que me hizo tocar lentamente mientras me miraba. Sentí mi cuerpo ablandarse hasta que aparté los dedos.

Yara siguió contando que el año anterior a su padre le habían diagnosticado un cáncer. Aun estando débil, quiso volver a Pantanal para hacer su *last dance*. Así lo dijo: *it's gonna be our last dance*. Porque, al igual que él, CAI-3 también estaba vieja. Era muy probable que fuera el último de los cuarenta, cincuenta encuentros entre los dos. Yara también fue, su padre ya ni siquiera caminaba bien y fue bonito de ver. Para no tener que inmovilizar a CAI-3 llegaron de noche, ya que las linternas frontales dejaban al animal incapaz de reaccionar. El padre de Yara tocó rápidamente a su compañera, tenía la manía de todo investigador, sentir la textura, la temperatura del animal, y como un caimán no es un caniche, dejó a la señora en paz y partieron. Yara miró a lo lejos, a un horizonte invisible en ese momento, y siguió contando, luego entendió que su padre quiso venir a Pantanal para despedirse también de la vida, para no pasar sus últimos días en la cama blanca de un cuarto blanco de un edificio blanco donde la mayor representación de la naturaleza era una rosa arrancada de la tierra y metida en una jarrita con agua. Y seguro que debió ser eso, su padre quería partir entre el calor de las cosas vivas, porque tan pronto llegaron a Corumbá, murió. Yo no supe qué decir, pero creo que la miré con cariño. Por eso quise comenzar las grabaciones aquí, dijo. Pensé que nos daría suerte. Justo en ese instante me sonó el teléfono. Silencié el aparto y le pregunté acerca de su madre, dónde había estado durante todo ese tiempo. Yara dijo que su madre desapareció cuando ella tenía diez años. Fue a hacer una investigación acerca de una tribu apartada en Perú y nunca más volvió. Su padre creía que había sido asesinada por campesinos que habían ocupado terrenos baldíos, pero Yara creía que estaba viva. Que quiso desaparecer. ¿Y tú?, dijo enseguida. Cuéntame un poco más de ti. Me sonó el móvil de nuevo y no lo pude ignorar, era Matthew, quería hacer nuestra última *call* del día. Le pedí permiso a Yara y al resto del grupo y me aparté para atender la llamada.

Cuando volví al hospedaje todo estaba en silencio, la puerta del cuarto cerrada. La empujé con cuidado para no hacer ruido, pensé que tal vez el equipo ya estaba durmiendo. Y una parte lo estaba: Felipe, tumbado en el colchón más cercano a la puerta, y Herta, a su lado. Yara se cambiaba de ropa, mirando hacia la pared. Seguro que notó mi entrada, la puerta rechinó ligeramente, mis pasos crujieron un poco, pero ella no se giró hacia mí, ni interrumpió lo que estaba haciendo. Lo único que sentí fue que ralentizó sus movimientos, quitándose la camiseta con languidez y dejando que yo viera el perfil de sus pechos mientras se agachaba para tomar otra camiseta, que se puso con la misma lentitud, hasta que el tejido holgado y extenso cubrió los gajos de su culo. Se giró hacia mí y susurró: buenas noches. Le di las buenas noches y agarré mis cosas para ir al baño, no tenía la desenvoltura para cambiarme en su presencia. Allí dentro hice los no sé cuántos rituales que debo hacer para dormir, entre cremas y vitaminas, necesidades reales y manías. Cuando volví al cuarto, Yara también dormía. Apagué la luz, me acosté en el colchón que me correspondía entre ella y Herta, pero no pude pegar ojo. Tanteé mi neceser hasta encontrar un Rivotril.

Al despertar, aún aturdida por la pastilla, todos los colchones estaban vacíos. Eran las seis y quince, el conductor debía estar esperándome afuera, habíamos quedado en salir a las seis, no podía perder mi vuelo de ninguna manera. Me puse la ropa de cualquier forma, metí lo que faltaba en la maleta y salí toda despeinada, sin despedirme de nadie.

11

Paro de leer el libro de Nora antes de llegar al final. No quiero quedarme sin lectura para estos días, aún más sabiendo cómo serán las cosas, sabrá Dios si ese pueblo evolucionó, si abrieron alguna librería en Mandaguaçu. En la época en la que vivía allá, un hombre pasaba por la granja vendiendo libros, lo recuerdo bien, ya me gustaba leer, pero eran historias de guerra, casi nada de amor. También vendía poesía, pero eso nunca me gustó, esa gente que escribe versos tiene pereza de llenar las páginas. Entonces me tomo un dedito más de mi agua con azúcar y pongo la figura de la Virgencita Negra para marcar dónde voy. Luego miro el reloj, cuatro de la tarde, ya casi es hora de que el bus se detenga. Y claro, vamos a bajar, estoy hecha un armadillo, no puedo ver un hueco porque me quiero enterrar en él.

Despierta, Ana, voy sacudiendo a Picochuca, ya es hora de bajar. Ella se frota los ojos y pregunta dónde estamos. Digo: Santa Cruz do Rio Pardo, es lo que veo bajo el nombre de la estación de servicio. Tan pronto el bus se detiene nos levantamos. Los pasajeros de los asientos convencionales bajan delante de nosotras. La agonía de pasar horas sentado en un tocón duro. Bajamos, vemos la cafetería y un parquecito detrás. Cora me tira del brazo. Quiero ir al columpio. Le explico que no podemos, solo tenemos veinte minutos. Ella pide: por favor, solo un poquito. Me da lástima. Solo cinco minutos, contados con reloj. Ella me mira, dice: hoy es el mejor día de mi vida, y sale disparada con Bibi.

Luego me pide que la empuje. Tiro del columpio con fuerza hacia atrás, sé que a ella le gusta llegar lejos. Veo su coronilla ir y venir, y pienso que tal vez no sea tan difícil ser madre. Una lo complica porque le gusta complicarlo todo, pero tal vez la maternidad sea solo eso, empujar al hijo todo el día hasta que ya no deba ser empujado. Podría quedarme horas en ese vaivén, no sé por qué el crujido del columpio me trae algo bueno, pero nuestro tiempo está contado. Vamos, Ana, ya pasaron cinco minutos. Ella responde a su nombre nuevo, ay, niña obediente. Puede que obediente no sea la palabra, la muy traviesa baja de su sillita y corre al tobogán, solo una vez más, grita, mientras entra al tubo. Qué puedo hacer, ¿salir volando como la Mujer Maravilla y arrancarla de ahí adentro? Me quedo esperando, golpeando la punta del pie en el césped de plástico hasta que ella, consentida, salga de allí. Apenas aparece le agarro la mano y caminamos hasta la cafetería. Vamos pasando por los mostradores, por las repisas, por los estantes, por una pila de gelatina de pata que me hace agua la boca, hasta pienso en llevarme una pero desisto, el precio está por las nubes. Cojo un paquete de pan. Me paro junto a una mesa, agarro unos sobrecitos de mayonesa y kétchup y luego nos ponemos en la cola de la caja. He hecho de todo para apartar a Picochuca de la estantería de chocolates y ahora todo está aquí en el pasillo atrapabobos, un murote de dulces y chicles a cada lado de nosotras, y a la niña le hacen chiribitas los ojos. Conozco a Corinha, va a coger el más caro, un M&M's que viene con el muñeco, una bola verde con dos ojos vidriosos y botas blancas. ¿Me compras este?, dice, y me quedo en silencio, pienso que veintiocho reales es el precio de una comida. Ahora estoy desempleada, no puedo gastar en bobadas. Picochuca comienza a hacer pucheros y yo también me voy impacientando porque las cosas cambiaron, ya no llevo en el bolsillo la bolsa de dinero sin fondo de doña Fernanda. Es duro, pero tengo que explicárselo a Cora. Me agacho y miro a mi niña con cariño. Cuando Maju tenga dinero, te comprará toda esta tienda. Pero hoy Maju no tiene, le digo, y le muestro mi billetera, vacía, porque me guardé todo el dinero en el sostén. La tarjeta, dice la pequeña astuta, tocando el plástico. Aquí hay muy poquito dinero. Maju es pobre, hija. Ella suelta el limón. ¿Entonces me puedes dar solo un caramelito? Siento amor por ella, un amor que atraviesa las paredes de la tienda y sale a la calle. ¿Un caramelito para mí y otro para Bibi? Y ahí nos damos cuenta, ¿dónde está Bibi? Nos miramos las manos, buscamos en mi bolso, que abro ya sin mucha esperanza, no recuerdo haber puesto el peluche allí. Nos llena la desesperación. A ella porque no puede vivir sin el peluche, a mí porque no es el momento para perder cosas, el bus está a punto de salir. Veo la hora en el móvil. Tenemos cinco minutos. Salimos disparadas de la tienda, y no sé por qué ahora todo se ve tan distinto, un enmarañado de paquetes coloridos me enreda la cabeza. Ayuda a Maju, ¿dónde dejaste a Bibi? Ella dice que no lo sabe, no lo recuerda. Recorro con ella todas las esquinas, no está aquí, allí tampoco. Hasta que recuerdo el parquecito. La cola de la caja ha crecido, no tendremos tiempo de pagar y buscar a Bibi allá fuera. Suelto el pan, le arranco los caramelitos de la mano, luego Maju te da otros, y salimos de la cafetería. Busco el bus, está allí en medio de los otros, aún tenemos tres minutos y esa gente siempre se retrasa, vamos a llegar, pero toca correr. Entramos al parquecito. Miro por todos lados, no veo a la oveja. Cora se cruza de brazos. No me voy sin Bibi. Sí, nos toca, si no perdemos el bus, digo enfadada, y tiro de la mano de Cora. Ella me suelta la mano y se agarra del pasamanos, de una barra de metal que envuelve con sus dedos, con una fuerza que nunca he visto, no sirve de nada moverla porque no viene, tengo que arrancarle dedo a dedo, pero apenas le quito el dedito que probó el huevito y el pícaro que se lo comió ella vuelve a agarrarse, ay, qué ganas de pegarle a esa niña. Vamos o te doy una palmada, grito, y ella llora, nunca antes me ha oído hablar así, me siento mal, pero no es hora de sentir nada. Me arrodillo para arrastrarla con fuerza, para arrancarla desde la cintura, y veo dentro del tubo del tobogán a la oveja. Voy y agarro a la desgraciada. Se la doy a Cora, las llevo a las dos en brazos y corro con ellas hasta la puerta de la cafetería. El bus ya no está.

12

Sigo llamando a mi hermana, que contesta al cabo de un rato. Dice que habló con nuestra madre a las cinco de la tarde, más o menos. Fue una charla rápida, porque estaba cargando el maletero para ir allá. Concluimos que Cora y Maju sí podrían haber ido. Eso explicaría la elección del pésimo horario de partida, teniendo en cuenta el tráfico y la salida de la escuela. De todos modos, no estamos seguras y mi hermana, que ya pretendía ir mañana para allá, se ofrece a adelantar su viaje y salir en una hora, después de concretar que me llamará tan pronto llegue al Hard Rock Café.

Se lo cuento a Cacá. Él dice que se va a bañar y me deja el teléfono, en caso de que alguien llame. Miro la pantalla, las diez y cinco. Pienso que es hora de hacerme otro cóctel. Mientras mezclo la bebida, oigo que llega un mensaje de Yara y siento el revoltijo que sentí la primera vez.

Fue unos días después de volver a Corumbá. Era temprano, me estaba arreglando para ir al trabajo cuando lo vi: ¿te gustaría cenar hoy en mi casa? Me senté en la cama, sin saber qué responder. Claro que quería, pero no sabía si debía. Tal vez no debía, estaba claro que me metería en problemas. Pero no sentía nada parecido hacía mucho tiempo, y ¿quién se priva de lo que tan pocas veces ofrece la vida? Contesté y comencé a pensar en cosas prácticas, como el estado de mi ingle. Agarré el bolso para salir, pero no logré llegar a la puerta. Cora se me había colgado de la pierna. Mientras más intentaba zafarme de ella, más se pegaba a mí. Incapaz de salir sin pegarle, le dije que la llevaría conmigo. Ella se levantó y dijo: hoy es el mejor día de mi vida.

La frase me enterneció. Tal vez porque yo ya conocía el programa que seguiría el mejor día de su vida. El lugar donde me depilaba quedaba en un edificio chiquito y arruinado en la avenida Angélica. En el primer piso apenas había un ascensor y una placa que señalaba las escaleras. No sé por qué, durante todos los años que había ido allí siempre subía por las escaleras. Tal vez por el afán, mi compañero constante. Al contrario de otros lugares, donde era necesario pedir una cita, Audrey funcionaba casi sin parar, de ocho de la mañana a ocho de la noche, días de semana, sábados y festivos. Una línea de ensamblaje con mujeres de piel lisa.

Era la primera vez que Cora estaba allí. Para quien llegó al mundo hace poco cualquier cosa es una aventura, de manera que no le pareció malo subir las escaleras; al contrario, se emocionó con la idea de treparlas de dos en dos peldaños. Llegamos a la recepción y nos llevaron a uno de los cuartos. Sara, con su nombre bordado en el uniforme, entró de inmediato, cargaba una olla grande. Preguntó dónde me lo haría. Pierna y bikini, contesté, pero no supe detallar el estilo. ¿Qué les gusta a las mujeres? Busqué rápidamente en internet y confirmé que ni en eso hay consenso, pero algo podado, en forma de triángulo, me pareció un buen pedido. Sara se dio la vuelta para coger el palo de la olla. Cora pidió ver lo que había dentro. Sara le dijo que se subiera al banquillo al lado de la camilla. Mi hija obedeció, sus ojos curiosos se pasearon sobre todo. Sara me puso la cera en la ingle izquierda, delineando la primera arista. Esperó a que se enfriara y la arrancó. Solté un rugido, era la primera vez que me depilaba una sección de pelo tan avanzada; cuanto más cerca del clítoris, más sensible es la piel. Al girar a un lado, con los ojos llenos de lágrimas, me encontré a Cora petrificada. ¿Por qué te hace eso, mami? Para quitarme los pelos, dije con la voz quebrada, y Sara le mostró lo que tenía en la mano, una lámina ámbar cubierta de centenas de vellos erizados, como un insecto anómalo atrapado en la cera. Para minimizar el dolor, la depiladora me dio unas palmadas en la región inflamada. ¿Por qué dejas que te haga eso, mami? No sabía qué contestar, por más que me esforzara en enseñarle asuntos culturales, ¿qué argumento sería más elocuente que el grito que ahora venía de otro cuarto, haciendo que ese lugar pareciera un hospicio al servicio de masoquistas en el interior y de sádicos en el exterior? Mientras Sara preparaba otro pedazo, Cora susurró: ¿tengo que hacer eso algún día? Dije que no, solo si ella quería, y eso pareció tranquilizarla. Después de que la depiladora esparció de nuevo la cera en el mismo lugar, para quitar los pelos que quedaban, Cora me tomó la mano y dijo: todo va a salir bien, mami. Le sonreí. Luego miré al techo, esperando a que la cera se enfriara, pensando en dónde me metía al aceptar la invitación de Yara, porque una vez abrimos la puerta, no podemos controlar lo que nos llega. Sabía que esa segunda aplicación de cera no dolería tanto. Le pedí a Cora que me lo repitiera, un pedido que hice para mi epidermis emocional. ¿Qué dices, hija? Todo va a salir bien, mami.

14

Me pareció curiosa la hora acordada, las siete de la tarde, algo temprano para estándares brasileros. También me pareció curioso el lugar: en São Paulo la gente suele preferir la seguridad de un apartamento o una casa en una urbanización, y la de ella ni siquiera se escondía detrás de un muro, estaba detrás de una frágil verja tomada por una hiedra. Toqué el timbre. Yara apareció y me dio un beso en la mejilla.

Entramos. El interior tenía muy pocos muebles, apenas un sofá antiguo con la tela medio gastada, un televisor y un baúl que estaba entre el sofá y la pantalla, haciendo las veces de mesa de centro. Aparte de eso, solo plantas, en diversos tipos de macetas. Es lo que se puede tener cuando uno no vive mucho tiempo en un lugar, dijo Yara. Y señaló el baúl: todo lo que tengo está ahí adentro. ¿En serio?, dije, pensando en la extensión de mi armario. Ella asintió. Pensé que vivirías en un apartahotel. Tendría más sentido, pero no podría tener todas las plantas. Ni tener a Paul ni a Lennon, dijo, señalando un acuario, en el espacio entre la sala y la cocina. Quien no puede tener perro, se las arregla con peces betta, concluyó, mostrándome de cerca a los Beatles acuáticos, mientras yo pensaba que ni siquiera podría cuidar un pescado. A los dieciocho años me gané un pez, que maté de inanición después de olvidar alimentarlo durante no sé cuántos días, pero claro que no le dije eso a Yara, no iba a quedar como insensible, aún menos en relación con la naturaleza; incluso dije: adoro los peces, y deseé en seguida que ella no preguntara cuáles, pues tendría que decir: el lenguado y el bacalao a la Gomes de Sá. ¿Son tus Beatles preferidos?, dije, cambiando el asunto. Eran mis preferidos, hoy es más George, pero Paul y Lennon fueron mis primeros peces, una pareja de tetras que tuve que abandonar en Miami cuando nos mudamos con mi padre a Tasmania. Desde entonces les pongo a todos mis peces el nombre de los primeros como una forma de homenaje, dijo, y se quedó mirando el acuario. Continuó: aunque desde hace un tiempo estoy pensando que los nombro así para tener la sensación de que nunca abandoné a ninguno, que dentro de esos dos están todos los otros. Pobres, qué karma, dije. Y nos reímos. Luego seguimos y entramos a la cocina.

Ella sacó un taburete para mí y, ubicándose al otro lado del mesón, dijo: ¿qué quieres beber? Le pregunté si tenía algún destilado. Dijo que su bar era más de antro, el único destilado que tenía era una botella de cachaza 51 olvidada por Herta, pero tenía cerveza helada y un buen vino que había traído de su último viaje, ¿servía? Acepté el vino y tomé un trago para relajarme, para dejar de ser la muchachita de quince años en la que súbitamente me había convertido, mirando los pechos sin sostén que se le insinuaban a través de la camiseta. Me di cuenta de que no me obsesionaba ningún seno desde los dos meses de edad y, pensando en eso, me tomé casi toda la copa de vino. Ella se veía mucho más tranquila que yo, desmoronando en una misma tabla un montoncito de marihuana y otro de hierbabuena, mientras me preguntaba si me gustaba el cordero. Iba a hacer koshari, un plato egipcio que iba muy bien con esa carne.

Luego me ofreció el porro: ¿seguro que no quieres? Le dije que no y expliqué por qué: aún debía contestar mi *call* de la noche. Podía hasta hablar con Matthew medio borracha, pero no drogada. Aunque ya había hablado con él de todas las maneras posibles. Incluso –solo conté esto porque el vino me había desinhibido– solía hacer las *calls* en el baño, sentada en el inodoro, esperando al mismo tiempo la entrega de trabajo de mi peor subalterno: el intestino. Yara se rio. ¿Hablas cagando con tu jefe en Los Ángeles? Cagando no. Intentando cagar. Y esa vez nos reímos juntas, y pensé que mi vergüenza había desaparecido no solo por el vino, sino también porque mi anfitriona estaba tan calmada que terminó tranquilizándome. ¿Y por qué ese despacho colectivo?, preguntó. Para ganar tiempo. ¿Tiempo para qué? No supe contestar, ni siquiera lograba ver series; la que lo hacía por mí era Agnes, mi mano derecha. Mi afán era tener más tiempo para sumergirme en la bañera, donde me relajaba para evitar el insomnio y la ingesta de otro Rivotril. Pero todo eso solo lo pensé, mientras Yara se acercaba a mi lado del mesón, deteniéndose cerca de mí y diciendo: sé lo difícil que es la vida del productor ejecutivo, te admiro por hacerlo. Luego me besó. Me tomó de la cintura y pasó su mano con suavidad por mi pecho. Me mojé tanto que pensé que tendría que usar pañal para adultos en nuestro próximo encuentro.

Yara se volvió hacia la olla, que comenzaba a burbujear. Bajó el fuego y enseguida comenzó a acomodar los pedazos de cordero en una bandeja de horno, emparejando los huesos de un lado y de otro. Me hizo pensar en la complejidad de un ser humano que ama los animales pero que también disfruta destrozándolos con sus dientes. Mientras iba a buscar romero para meter en un vaso, recordé el baúl e imaginé lo que tendría ahí dentro, lo eficiente que sería esa manera de conocernos entre nosotros: a través de los baúles, de la selecta lista de artículos imprescindibles en nuestras vidas. Veríamos el baúl del otro y viceversa, los objetos generarían un descubrimiento mutuo imposible en el diálogo; en contraste con lo que ocurre al conversar, nadie tendría tiempo para improvisar afinidades en torno a las respuestas del otro. ¿Qué encontraría yo en el baúl de Yara? Pensé en una cámara, lentes, postales, una navaja, quién sabe si una brújula. ¿Y qué encontraría ella en mi baúl? Una botella de ginebra, una caja de Rivotril, una bolsa de fibra soluble, un portátil, un masajeador de cuello. La puta que me parió, yo era mejor que eso, pensé. Y con esa cara, de dueña de un baúl de ejecutiva cobarde de clase A/B, vi a Yara acercarse con el romero. Lo esparció por la bandeja y puso todo en el horno. Íbamos a besarnos de nuevo cuando sonó el teléfono. Era Agnes, que quería discutir una compra de derechos de imagen.

Cuando colgué, Yara estaba poniendo la mesa. La ayudé, llevando las tazas, otra botella de vino y el sacacorchos. Ella le dio un vistazo al cordero, dijo que ya estaba hecho, preguntó si podía servirlo. Solía levantarse con el sol, a esa hora estaba hambrienta. Le dije que sí, que también tenía hambre, recordando que había pasado todo el día sin comer, ansiosa por nuestro encuentro. Nos sentamos y probé la comida. Le dije que estaba maravillosa, aunque en realidad no era para tanto.

Ella me contó que había aprendido a cocinar por necesidad; no hay domicilios en el hábitat del yacaré. Y también porque siempre fue una manera de llevarse algo de los lugares por los que pasaba, no podía cargar la olla de barro de los beduinos, pero podía cargar la receta. Le dije que me moría por viajar a un pueblito desierto. Desde que Cora había nacido solo iba a países colonizados por Starbucks. Ella preguntó por qué. Tuve que pensar la respuesta. Tal vez el problema no era el destino en sí, si los niños sobreviven comiendo chiles en México o bacterias intestinales en India, ¿por qué no lo haría mi hija? La cuestión era la dificultad que había tenido para acomodar a Cora en mi vida. Con una honestidad que volvió a sorprenderme, le conté a Yara que sufría el puesto de madre. Que para mí era mucho más fácil aguantar los desmanes de san Pedro en una grabación al aire libre que los de una niña al hacer una pataleta. ¿No es solo dejar que llore?, preguntó. No tengo la menor idea, le dije, y nos reímos. Luego le dije que era una broma, que sabía qué hacer, pero me faltaba paciencia. Ella me contó que tampoco era la más calmada, pero aprendió a tener paciencia con su padre, que a su vez lo aprendió de la naturaleza. Me contó que una vez se quedaron tres horas y veinte minutos cronometrando el intervalo de respiración de un yacaré overo. Le dije que me alegraba haber encontrado a una monja como ella para hacer la serie. Que había visto el primer corte del episodio y me había parecido bueno, que había amado su trabajo y el de Herta. Quedó muy bien, dijo. Y enseguida me pasó su pie descalzo y calloso por la pierna. Sentí un escalofrío, toda mi maquinaria volvía a funcionar, como había aprendido en un documental que hicimos: la testosterona me calentaba, la adrenalina me disparaba el corazón, la dopamina hacía que perdiera cualquier traza de inhibición y me quitara el zapato, hacía que mis cinco gusanos táctiles escalaran la pantorrilla de Yara. Cuando me di cuenta estábamos de pie, yo apoyada en la mesa, ella besándome la boca y luego bajando la lengua por mi cuello. Volvió a sonarme el móvil. Comencé a hablar con Matthew, pero ella no se apartó. Siguió donde estaba, acariciándome el abdomen. Mi charla con él era importante, no podía desconcentrarme. Me aparté de ella, retrocedí hasta tocar la pared, pero ella me siguió, su lengua al borde de mi pantalón, sus dedos abriendo el botón. No hagas eso, le dije, escuchando un *what?* confundido al otro lado de la línea, seguido de preocupaciones con una serie que estaba en producción, Matthew con la cantinela y la lengua pionera adentrándose en la selva, él contándome un problema de *casting* y yo recordando la depilación, ¿estaba bien depilada?, y enseguida no pensé en nada más, solo decía *yes* a todo lo que él me decía, y por cada *yes* que yo decía, ella me chupaba con más ganas. Olvídalo, Yara, nunca me corro con sexo oral, llegué a suplicarle, pero ella me ignoró y siguió adelante y alrededor, hasta que de repente, mientras Matthew hablaba del cáncer que haría que un actor de la serie se retirara, me corrí. Me corrí de pie con sexo oral mientras escuchaba a mi jefe hablar acerca de un cáncer de vejiga fulminante. Quise arrodillarme y condecorar a Yara con una medalla de pelo púbico, pero claro que seguí en la línea, entraba en una frecuencia de bienestar que me hizo incluso pensar en el estado emocional del actor con cáncer y no solo en las pérdidas que nos daría.

Tan pronto colgué la vi a ella y moví la cabeza. ¿No te gusta despachar todo a la vez para ganar tiempo?, me dijo. Me quedé con ganas de pegarle a esa persona que me sonreía, eso no lo explicaba el documental: por qué sentimos el deseo de apretar, aplastar, matar el objeto de nuestro deseo. La agarré con fuerza de la cintura, planeando hacerle todo lo que me había hecho. Levanté su camiseta lentamente, pero mi teléfono volvió a sonar. Ignoré la llamada un rato, pero la insistencia de la nana de mi hija terminó venciendo. Maju dijo que Cacá había olvidado comprar el regalo de cumpleaños de una compañera de Cora, la fiesta era la mañana siguiente, ¿había tiempo aún para que yo llevara algo? Le dije a Maju que no iba a salir a buscar un regalo a esas horas. Ella dijo que a Cora no le gustaba llegar a las fiestitas con las manos vacías, sentía vergüenza. Preguntó si no podía parar en algún puesto de revistas y comprarle cualquier cosa. Está bien, dije para librarme de ella, suspirándole a Yara, que me miraba con impaciencia, y ya iba a colgar cuando Maju siguió, diciendo que el regalo no podía ser de cualquier personaje, tenía que ser para una niña chiquita, algo con Peppa, Hello Kitty... o no sé quién más; en ese momento Yara me arrancó el móvil de la mano y lo tiró lejos. ¿Estás loca?, dije, viendo el aparato describir una parábola luminosa, transformándose en una luciérnaga a medida que entraba en el jardín oscuro, para luego desaparecer en medio de la vegetación. Me giré hacia ella y vi una sonrisa crecer en su rostro. Al fin libres, me dijo. Y descubrí que yo también sonreía.

Subimos las escaleras de madera. Llevaban a su cuarto. Estaba iluminado por la luna, la luna solitaria de São Paulo, sin una constelación que apareciera por completo para hacerle compañía. E igual la luna entraba por la terraza, centraba la luz sobre el colchón doble. Al lado había un reflector para cine cubierto por una lámina de plástico naranja, pero no lo encendió, lo que me pareció bueno. Yo aún seguía un poco intimidada porque todo eso era nuevo para mí, un cuerpo igual al mío. Con pechos más pequeños que los míos, con una ingle que, sorpresa, Fernanda, nunca había visto una cuchilla o una gota de cera, pero, por lo demás, con todos los botones en los mismos lugares. Y, sin embargo, no sabía muy bien qué hacer. De repente estaba acostada sobre ella, tocándole el clítoris y pensando cuántos dedos debía meter ahí dentro: ¿uno, dos, tres? Hasta comprender que no debía pensar en nada, que las cosas iban fluyendo con una naturalidad que nunca había sentido. Con el hombre existe el coeficiente indisociable del afán, o al menos de la conciencia de tiempo. En algún momento él se corre y punto. Por estupendo que sea el hombre, eso crea una jerarquía. Entre nosotras el tiempo ni siquiera parecía lineal, íbamos en círculos, jugando, agarrando, corriéndonos, lamiendo, mordiendo, corriéndonos. En algún momento me levanté para ir al baño y me di cuenta de que me había corrido más esa noche que en los últimos meses con Cacá.

Cuando volví al cuarto, Yara había prendido el reflector, con la bombilla apuntando a la pared, y el cuarto estaba sumergido en una atmósfera cálida. Sacó un porro de no sé dónde, lo encendió. Esa vez le di una calada solo para no parecer tan aburrida, pero no quise fumar mucho, me sentía tan bien que no quería arruinar el momento. Cómo sufro para tener algo de bienestar, todo el tiempo en desequilibrio, ansiosa o exhausta por el trabajo, hambrienta o empechada por la gula, sedienta o trastornada por la bebida, siempre en un equilibrio tan penoso; mi plenitud vuela al filo de la navaja, siempre a punto de cortarse por la mitad. Pero yo aún flotaba, rodeada por el brazo de Yara.

Mi móvil, recordé un tiempo después.

¿Quieres que lo busque?, preguntó.

Mejor no. A esta hora la única persona que me puede llamar es mi madre. Y mi madre solo llama para fastidiarme, para pedirme dinero, para pedirme favores... Tal vez tampoco nací para ser una hija.

Nadie nació para ser nada.

Una frase linda, pero no funciona ni en las sábanas. Tú lo sabes mejor que yo, hasta los animales tienen sus funciones.

Estoy hablando de expectativas morales.

¿Qué quieres decir?

¿Crees ser una mala hija? Pues el hijo del ácaro *Acarophenax* fertiliza a sus hermanas en el vientre de la madre. Luego ellas la matan para salir de ahí dentro.

Todos nacen libres de almuerzos familiares.

Y aun si pudieran sentir culpa, no la sentirían.

Otro ejemplo.

Algunas arañas y escorpionas matan al macho después de copular. Y la mantis religiosa no solo mata a su compañero, sino que también se come su cabeza.

Alabada sea su religión.

¿No lo has visto?

Ni en un documental.

La mantis agarra la cabeza del macho como una taza y sorbe la gelatina que rebosa de ahí dentro, dijo con un vocabulario que me llamó la atención, porque a pesar de haber sido criada en portugués y de haber vivido en Mato Grosso do Sul, hasta donde yo sabía no usaba su lengua con tanta frecuencia. Iba a comentárselo, pero no quise perder el hilo de la conversación. Pero con los hijos nadie se mete, dije.

¿Cómo que no? Tú viste el yacaré que grabé. No se estaba comiendo a su propia cría, pero es bien común. Los leones, que no tienen idea de que son los reyes de la selva, que ni siquiera sueñan con tener una imagen que proteger en Disney, a veces matan a sus cachorros para que la hembra vuelva a estar en celo; no tienen la paciencia de esperar a que se termine el periodo de lactancia para darse una apareadita.

¿Todo esto para convencerme de que no existe el heroísmo en el mundo animal?

Mira, yo ya me zafé de eso. Estoy haciendo la serie a mi manera, dijo con una risa ambigua que no daba para saber si era en serio o una broma. Te estoy dando ejemplos para que te liberes de tus culpas. Hasta de la culpa de estar conmigo, porque...

Las abejas de Botsuana les ponen los cuernos a sus machos con otras abejas.

Las abejas no copulan, la única que pasa por ese martirio

es la reina. Pero algunos peces cambian de sexo a lo largo de su vida... Y las simias bonobos, que considero la especie más evolucionada del planeta, copulan con machos, pero también lo hacen libremente entre ellas.

Cuéntame más.

Ellas amplían el alcance del asunto. Me di cuenta de que «asunto» era una palabra que usaba cuando no encontraba otra mejor. Continuó: cuando yo estaba en medio de las bonobos, allá en el Congo, vi una escena interesante. Un grupo de hembras llegó debajo de un árbol con una fruta grande, una yaca creo, no estoy segura, y todas se quedaron medio tensas mirando hacia arriba, a la espera de quién iba a atacar y comer primero. Yo esperaba que fuera una lucha, que se pegaran, dijo, y se detuvo un poco, como si viera la escena.

¿Y entonces?

Y se pegaron, sí, solo que de otra manera. Comenzaron a frotarse y tocarse el clítoris entre ellas. A hacer hoka-hoka, como dijo un investigador que estaba a mi lado.

Un segundo, ¿y la yaca?

Lo hicieron, precisamente, por la yaca. Para poder relajarse, para reforzar el vínculo entre ellas y comerse la fruta juntas. Siempre lo hacen en ocasiones de estrés o de competencia.

Meten el dedo en la yaca.

Exacto, dijo ella, y nos divertimos pensando que el método podría adaptarse para las empresas. Que, ante una encrucijada, una reunión se detendría y todos se quitarían la ropa por unos minutos, para volver enseguida a resolver el problema, más calmados.

Soltó una larga carcajada y recuperó el porro.

Un segundo, le dije, mientras ella encendía la punta. ¿No te has dado cuenta de que el mundo animal subvierte todas las reglas menos una?

Dio una calada.

Todo el mundo jode a todo el mundo, los peces cambian de sexo, las bonobos abandonan la idea de que el sexo es solo para reproducirse, pero el papel de la madre nunca se subvierte.

Hay madres que matan a sus propias crías.

¿En qué situación?

Que yo sepa, solo cuando no las reconocen como suyas. O cuando una es anómala. Prefieren alimentar a las que tienen más oportunidades de vivir.

O sea..., dije. Y me quedé en silencio, sintiendo el peso de la respuesta. Supe que Yara también lo sentía, seguro que pensaba en su propia madre, porque su rostro se marchitó.

Ven, ven, le dije. Ven y me explicas bien cómo es el tal hoka-hoka.

Ella me miró con cariño, se ubicó sobre mí. Nos quedamos metiéndole el dedo a la yaca durante quién sabe cuánto tiempo hasta que, nuevamente exhaustas, nos volteamos boca arriba. ¿Qué hora es?, pregunté. Las cuatro. Comencé a vestirme. Luego bajamos y fuimos al jardín, aún teníamos que buscar mi teléfono móvil. Yara consiguió una linterna. Yo estaba medio reticente a entrar en ese arbusto, tenía miedo de que una rana me saltara sobre la pierna, pero ella me llevó lentamente de la mano. Fuimos avanzando, ella un poco al frente, el haz de luz revelaba el suelo: raíces, flores, un balde amarillo. Levanté la mirada hacia ella y la imaginé más vieja e igual de infantil y eterna en sus exploraciones, y pensé que podría seguirla por muchos jardines.

El teléfono estaba debajo de algunas hojas. Vivo, por suerte. Y sin llamadas perdidas. Ya estaba saliendo cuando Yara preguntó cuándo nos veríamos de nuevo, si acompañaría la próxima grabación en Acre. Le dije que no podía ir porque tenía reuniones importantes durante toda esa semana. Ella sugirió que tomara un vuelo el viernes en la noche y nos encontráramos en Rio Branco.

¿No quería salir del circuito Starbucks? Podíamos pasar un fin de semana increíble en el Amazonas, hospedadas por yawanawas que ella conocía. Solo sonreí e incliné la cabeza, sin dar respuesta ni a ella ni a mí.

Cuando llegué a casa, me aseguré de no hacer ruido. Aun así Cora se despertó, tal vez porque ya tenía el sueño ligero. Quería hacer pipí, me pidió llevarla al baño. La senté en el inodoro, observé sus pestañas colgantes, sus ojos casi cerrados. Después de secarla, la alcé en brazos y la llevé a la cama. Ella pidió que me quedara un poco en el cuarto. Me senté sobre la sábana, en medio de los peluches. Llevé su cabeza a mi regazo y comencé a acariciarla hasta que se durmió. De repente sentí que su nariz olía algo. Mi pantalón, mi cadera. Me miró y dijo: tienes un olor distinto, mami. Hueles a Pascua.

15

Por estas cosas creo en Dios. Hay gente que diría que si perdimos el bus fue porque Él no nos cuida. Pero siempre se puede pensar de otra manera. Si tomamos la carretera de día, es porque Él está con nosotras. Por lo menos espero que lo esté, porque vamos a tardar más de veinte minutos en llegar a Santa Cruz, y una niña de cuatro años es como un adulto cojo. Intento ser paciente, no está bien estresar a la niña, los dos frijolitos que caminan a mi lado con zapatos de charol hacen chasquear las piedras. Dios también existe en la providencia de la carretera, porque podría ser un recorrido estrecho al pie de la sierra, pero no, esa vía atraviesa un descampado, nada de un lado, nada del otro.

Seguimos durante unos minutos sin ninguna construcción a la vista, hasta que aparece algo. La verja de un castillo, Cora se anima. Y, seguro porque es azul, concluye que es de Arendelle.

La entrada al reino de Frozen. Ni yo sé qué es eso, claro que no estamos en Arendelle, ni en el Beto Carrero y mucho menos en Disney, el pobre solo tiene derecho a la fantasía en el sueño, pero esas tres varas rechonchas con forma de puerta de seis o siete metros de altura sí hacen pensar en una entrada, en este caso a ningún lugar, porque alrededor solo hay maleza y una casita que ahora veo, una construcción blanca con una puerta en el medio. ¿Eso es el castillo?, dice Ana, y señala desanimada la construcción. Eso no es un castillo. Vamos acercándonos, hasta que mi vista vieja y cansada entiende lo que son las varas. Son las tres escobas que algún día formaron un autolavado de autobuses o de camiones, supongo por la altura; ahora sus hilos se caen a pedazos, tiras azuladas que se sacuden al viento. También veo en el suelo unos bidones de gasolina abandonados, periódicos que vuelan bajo, la puerta de la casita entreabierta, como si invitara a este armadillo a entrar allá. Decido ojear, ya que pasamos por aquí, ¿cuál es el problema? Solo que no podemos tardar mucho para que no nos coja la noche en la carretera, le digo a mi compañera, y empujo la puerta, que rechina.

Entro y encuentro lo que debe haber sido la administración de esa pocilga, y digo pocilga porque ay, gente descuidada, parece que se fueron corriendo y dejaron todo atrás. En la pared hay un calendario que muestra un trasero, un reloj detenido, una repisa con frascos empolvados de aceite de motor, lo sé porque Lauro estaba obsesionado con el Havoline, y ahí en medio hay un armario bajo y una caja registradora. Le digo a Cora que no toque nada, imagínate la cantidad de microbios, luego abro el cajón de la caja, ojalá hayan dejado algún billete detrás. Claro que no, en un incendio, si alguien tiene que escoger entre cargar ropa para vestirse o llevarse un billete, seguro que la persona sale corriendo en pelotas entre las llamas. Estos hicieron lo mismo, lo dejaron todo menos el dinero, lo único que encuentro al excavar en los lados del cajón es una moneda de cincuenta centavos. Pero entonces escucho un cajón que se abre, y a Cora decir: mira, un tesoro. Miro hacia atrás para regañar a Picochuca, ¿no dije que no tocaras nada?, y veo un cajón lleno de perlas, cadenas doradas, piedras coloridas. Es una gran cantidad, veinte, treinta piezas, claro que todo es falso, lo aprendí con Neide, las joyas de verdad nunca son así de grandes, ella misma solo usaba cosas pequeñas para mentir y decir que eran oro. Me agacho para ver, tomo un dije de corazón. Ana pregunta si se puede poner un anillo. Yo lo limpio, le digo que ahora puede y, mientras ella se distrae con la esmeralda de mentiras, pienso qué estarán haciendo allí esas joyas de fantasía, en el cajón de una gasolinera abandonada a la orilla de la carretera. Tal vez vendían esa mercancía, pero no parece, la salita no tiene un mostrador, no parece vender nada sino aceite, y si no vendían agua ni café, ¿por qué venderían cosas de mujer en un lugar para camioneros? Imagino que es de alguna empleada pero es igual de extraño, ¿quién tendría tanta cosa, y por qué dejarla en un cajón del trabajo y no uno de la casa? El anillo que Ana ha escogido es demasiado grande para su dedo, verla girar la piedra me hace recordar. Veo a Dinalvinha de mi misma edad, unos ocho, nueve años, agarrando el estuche de maquillaje para pintarme. Recuerdo el estuche porque ya estaba comenzando a leer y, mientras ella me pasaba la sombra, yo tenía que mirar hacia abajo y mi mirada caía justo en los cuadrados coloridos, y trataba de entender los nombres escritos debajo de cada sombra, pero era difícil, todo debía estar en otra lengua. Creo que pregunté si el estuche era de su mamá, o no pregunté nada y ella quiso contármelo, no sé, solo sé que mientras me pasaba la sombra verde por el párpado, dijo que había recibido el estuche de un camionero que venía de Paraguay, que si ella se subía a la cabina y jugaba a quitarse la ropa, él le daba todo, y me mostró un tubo lleno de bolas de chicle que él también le había dado y me preguntó si quería. Tal vez lo haya recordado tan bien porque estaba viendo a Cora con unas baratijas de mujer adulta frente a mí, y porque cuando yo llegué maquillada a casa, mi abu Brígida me pegó con la correa, me hizo prometerle que nunca más me pintaría la cara ni iría a casa de Dinalvinha, y el dolor de los correazos fue tanto que nunca más me maquillé, solo usé labial de nuevo con Lauro, el Dulce Veneno. ¿Sería por eso que había un cajón lleno de joyas de fantasía, para que la gente de la gasolinera les pagara a las mujeres de la calle, tal vez a las niñas que llegaban? Esa idea me revuelve el estómago y comienzo a quitarle todo a Cora, eso no es de niñas, ella hace pucheros, pero al final lo acepta. Ni yo quiero usar esas baratijas, solo que tampoco logro dejarlas atrás. Lo tomo todo y luego abro el cajón de abajo, encuentro un bolígrafo, un sacacorchos, un bloc de facturas con papel carbón, lo meto todo en el bolso, nunca se sabe lo que se necesitará mañana. Luego digo: vamos, Pichochuca, y no sé por qué salimos por la puerta trasera, donde veo una suciedad aún peor, unas llantas viejas mezcladas con la maleza. Escucho un ruido y al instante pienso en una culebra, alzo a Picochuca en brazos, pero luego veo que el ruido viene de un arbusto del que se levantan dos orejas. Me cuesta un poco entender qué animal es ese, porque su cabeza es de perro pero el cuerpo parece más bien de potro enfermo, más de un metro de altura, las costillas cortándole la piel de tanta flacura. Es un guau-guau, dice Cora, y veo que tiene razón, pero, ay, animal grande, ay, aberración de la naturaleza, en toda mi vida nunca he visto un perro de ese tamaño, si no salgo corriendo es porque está más muerto que vivo, se levanta con debilidad. Cora me pide bajarla, quiere acariciar al guau-guau, nunca vi una niña a la que le gustaran tanto los perros, pero no la dejo, a pesar de que ese infeliz no tenga fuerza ni para rascarse una herida aún le tengo un poco de miedo, tiene algo del reino de lo siniestro que no sé explicar muy bien. O tal vez lo sepa, porque ya pensé en eso antes, en el muchísimo miedo que me dan solo las cosas pequeñas. No me asusto con lo exagerado, trabajé en una casa en la que al hijo de la patrona le encantaban las películas de terror, vi quién sabe cuántas, él se aterraba con ese muñeco indecente, el Chucky. Mi abu también les tenía miedo a esas bobadas, a espíritus que vuelan bajo las sábanas. Yo no, lo que siempre me asustó fueron las pequeñas extrañezas, porque creo que al igual que Dios está en las pequeñas cosas, el diablo también lo está. Yo oía al maligno en las campanadas de una iglesia cerca de la casa de doña Tarsila. Repicaba trece veces a medianoche. Alcancé a preguntar en la parroquia: ¿qué tiene la campana?, y el padre me dijo que nada, que yo estaba equivocada en mi reclamo, pero comencé a tomar nota, esperaba despierta, oía la campana e iba tachando en un papelito, siempre daba trece campanadas nocturnas. La otra vez que avisté el rabo del cornudo fue cuando tuve una noche de insomnio y me quedé en Facebook, vi a una empleada del barrio que subía fotos. Comenzó a la una de la mañana, poniendo retratos de ella, sonriendo en distintos lugares, esa bobada de las redes sociales, la cosa es que no paró de postear, según mis cálculos fueron más de cincuenta fotos, una tras otra hasta que despuntó el sol y, desde cierto momento, lo que veía ya no era felicidad en esa sonrisa, era locura, todas esas imágenes que intentaban gritarle algo a una. Y ahora ese perro del tamaño de un potro, esa bestia extraña, el maligno no es bobo, no crea un emisario con ojos rojos o cabeza en llamas, el perro se acerca, disfrazado de normal, con carita de cordero degollado, me olfatea el pantalón. Ana dice: ¿nos llevamos el guau-guau, Maju? Digo que no podemos, es demasiado grande, y pienso: calma, mujer, tal vez sea solo eso, un infeliz que fue abandonado por un empleado de la gasolinera y aún espera que vuelva el dueño, tanto que voy allí adentro para ver cuánto debe llevar sin un alma que le dé de comer. Acerco los ojos a la hoja del calendario y veo la fecha, 23 de diciembre de 1998. Ahora no solo el perro me asusta, ¿cómo puede todo esto estar tan intacto hace más de veinte años? Me acomodo a Picochuca en los brazos y me alejo rápido de ese lugar. El perro nos sigue y yo digo: *vade retro*, pero no desiste, tengo que tirarle una rebanada de pan para que el pedigüeño me deje en paz. Se larga y dejo a Cora en el suelo, ya no aguanto más cargar a la niña, vamos, Ana, vamos andando, y caminamos unos diez minutos, hasta que comienza a quejarse de que el zapato la está lastimando. Al principio no le hago mucho caso, creo que está hablando por hablar, pero se queja de nuevo y para de caminar. Tengo ganas de darme unas palmadas, ay, mujer burra, le puse zapatos nuevos a la niña para que viajara bien arreglada, pero no pensé que la podían lastimar. Tal vez no lo haya pensado porque nunca pensé que caminaríamos tanto y porque tenía otros pares para ella en la maleta, pero ahora no tengo nada, ni una tirita para ponerle en el talón, que está rosado, casi en carne viva. Le pisoteo el talón al zapato para que no le roce la piel, pero no puede caminar de esa manera. El zapato se le escapa del pie, tengo que calzarla de nuevo. Se queja. Abro la bolsa y saco una bolsita de azúcar. Rasgo y digo: chupa, Ana, ven caminando junto a Maju y chupa la bolsita, tal vez así se calme o deje de prestarle atención al dolor, pero no hay manera, da unos pasos y comienza a llorar, le está doliendo mucho. Pienso en cargarla en brazos, pero no voy a aguantar, no hay ninguna señal de ciudad frente a nosotras. Nos sentamos ahí mismo, yo deseando que pase un bus, nunca tendría la valentía de hacer autostop. Nos quedamos así unos minutos, Cora lloriqueando, yo mirando el sol mientras se deposita como una moneda brillante en el horizonte.

De repente, siento que ella me pincha. Señala un aviso de neón y dice: quiero mazorca. El anuncio está unos metros más adelante, fuerzo la vista para ver mejor. Sí, es una mazorca, y encima de la mazorca hay un corazón que también brilla intermitentemente y unas letras grandes, Motel Panoja. Digo que allá no hay mazorca y ella dice que sí, lo está viendo. Explico que no es un lugar para comer, es un lugar para hacer otra cosa. Ella dice que en la heladería cerca de la casa tienen un dibujo de helado y dentro hay helado, entonces allá hay mazorca. Le digo que ese es un lugar para tener una cita, mira el corazón, pero ella sigue, terca, y comienza a llorar, quiero mazorca, quiero mazorca, y busco qué más decirle, ¿cómo explicarle que eso no es una mazorca? Es decir, hasta lo es. Bendito Dios, qué panoja. Pienso decirle que las parejas van allá para ponerle una semilla a la novia, los hombres ponen en la barriga de la mujer un grano de mazorca, pero no es verdad, que yo sepa, los hombres de hoy solo sirven mazorca empacada, pero eso tampoco es asunto para un ángel de esa edad, solo intento calmarla, mira tu peluche, Picochuca, pero ella sigue llorando, quejándose del pie, repitiendo: quiero mazorca. Me pregunto por qué no ir hasta allá, mostrarle que no hay comida alguna y quién sabe, pedir ayuda para llamar un taxi, para tener alguna manera de llegar pronto a la desgracia de Santa Cruz.

Subo a Picochuca en mis brazos, miro a los lados y atravieso corriendo la carretera. Es extraño cómo se ha hecho de noche de repente, parece que más allá de la autopista el mundo es otro, ahora con estrellas en torno a la mazorca, el corazón de neón hecho una amígdala en la garganta del cielo. Estamos cada vez más cerca, ya veo claramente el motelucho, ay, gente relajada que ni siquiera sirve para podar el jardín o quién sabe, tal vez les parece bueno esconder detrás de ese materío todos los coches que entran. Me siento medio incómoda porque nunca he entrado a un lugar de esos, una vez Lauro y yo intentamos ir a un motel, pero era el día de San Valentín, la fila era enorme, cuando llegó nuestro turno solo quedaban las suites más caras, no tuvimos el coraje de gastar tanto para hacer el amor. Y si algo aprendí ese día, fue que nadie en la vida llega a pie a una Panoja, y mucho menos una señora con una niña.

Pasamos la entrada, paramos en la ventanilla. La empleada no se da cuenta de nuestra llegada, está mirando el ordenador, debe estar acostumbrada a solo prestarle atención al ruido de los coches, se asusta cuando golpeo el vidrio. Y se asusta aún más cuando nos ve a mí y a la niña que cargo. Me arreglo el cresperío con la mano libre y comienzo a explicarme, perdimos el bus, ¿sabe ella cuándo pasa un autobús al centro de Santa Cruz do Rio Pardo? Ella dice que vive en la otra dirección y viene a trabajar en moto, no tiene la menor idea. Le pregunto si no puede llamar un taxi, ella dice que puede, que hay una estación en la ciudad, espera busco el teléfono. Mientras tanto pongo a Picochuca en el suelo, doy una ojeada allí adentro, la chica marca el número con unas uñotas rojas. Lo intenta varias veces, soy testigo, hace pompas con el chicle mientras espera a que alguien conteste. Luego dice: no hay nadie en la estación. Le pregunto si podemos esperar un poco, si puede intentarlo nuevamente en un rato. Ella dice que por desgracia no puede, que las directivas del motel prohíben a cualquier persona quedarse ahí en la entrada, ya hubo una empleada que fue despedida por recibir durante tres minutos a una vendedora de Avon. Le pregunto si puedo cargar mi móvil, dice que no, si no pueden hablar con nadie, imagínese traer algo de otra persona adentro. Cora me tira de la blusa. Maju, ¿por qué se demora tanto la mazorca? Aquí no hay mazorca, digo medio irritada, y Picochuca comienza a llorar. No sé qué hacer. Como si no fuera suficiente, un coche llega justo en ese instante y, no sé si para ayudar o para librarse de nosotras, la recepcionista nos hace una sugerencia, ¿por qué no paga una suite, descansa un poco, carga el móvil, le da de comer a la niña? Soy pobre, fíame, casi le digo, pero antes decido mirar los precios en la plaquita que está a mi lado. No es tan caro como el motel de São Paulo, tal vez sea realmente una solución. Me quedo algo confundida porque el motelucho del amor les pone a todas sus suites nombres de flores, pero el precio no tiene nada que ver con la planta, clavo el ojo en la Margarita, pensando que es la más barata, pero no, parece que la Orquídea y la Rosa Colombiana están más baratas, la chica ve que no me decido y dice que las dos últimas no tienen hidromasaje pero son muy buenas, y la Orquídea incluso tiene un baño sencillo, es la mejor en calidad-precio, la más pedida. Yo no puedo analizarlo bien porque el alarido sigue firme, quiero mazorca con sal, quiero mazorca con mantequilla, el conductor del coche estira la cabeza hacia fuera, intrigado por nosotras, la empleada del motel está nerviosa, tiene que decidir pronto, a ver si nos denuncian por pedofilia. Pido la suite Orquídea. La chica me pasa la llave por la gaveta de la ventanilla. Digo: vamos, Ana, y entramos de la mano al motel, nuestro camino iluminado por las luces del coche detrás de nosotras.

16

Estaba desayunando con Cora cuando sonó el teléfono. Era Anthony, el productor ejecutivo de nuestro canal en Londres. Me dijo que estaban haciendo un programa sobre epidemias y se enteraron de que la fiebre amarilla había vuelto a atacar en Brasil, ¿no podría capturar algunas imágenes para ellos? Di la única respuesta posible y colgué. El pedido londinense me hizo caer en cuenta de una cuestión doméstica. Llamé a Maju, le pregunté si Cora se había vacunado. Dijo que no, habían intentado hacerlo en el centro de salud y en la clínica privada, pero las vacunas estaban agotadas en todas partes, ya me lo había dicho. Yo no lo recordaba, debía de tener la cabeza en el trabajo o en las curvas de Yara. ¿Por qué no se lo dijo a Cacá? Porque él ya estaba en Río, dijo, y quedé molesta con mi marido y su pereza totémica. Vivía en São Paulo hacía casi veinte años y aún no se dignaba a buscar un médico aquí, volvía a su ciudad natal para resolver hasta una uña encarnada. En ese momento, además, teníamos un problema, pues la sala de edición en mi cabeza ya comenzaba a funcionar, organizando las escenas de un tráiler catastrófico.

ESCENA 1 – CASA – NOCHE
La madre llega y encuentra a su hija acostada en el sofá. La niña está amarilla, suda. La madre le toma la temperatura. Mira el termómetro, asustada.

ESCENA 2 – HOSPITAL – NOCHE
La niña está en una cama, aún más amarilla, aún más abatida. El médico mira a ambos padres y sacude la cabeza con expresión de pesar.

ESCENA 3 – CEMENTERIO – DÍA
La niña está dentro de un féretro blanco. La gente pasa en fila a verla. La abuela materna llora, luego se acerca a la madre y, en vez de abrazarla, le pega una cachetada. La abuela paterna hace lo mismo.

En uno de nuestros documentales aprendí que el cerebro no distingue una situación imaginada de una vivida. Toda madre, por lo tanto, ya vivió la muerte del hijo y su dolor consecuente, en pesadillas o devaneos diurnos, por segundos, minutos, quizá horas. Lo que hace la vida soportable es la mezcla de proyecciones buenas y malas que hacemos, un relativo equilibrio.

Aún sentada en la mesa, recordé una canción infantil que se cantaba jugando al corro y que había sido transformada en canción. La escuchamos en un teatro cuando Cora tenía seis meses, el palco repleto de guitarras, xilófonos y voces, la banda tocaba ante una platea de mujeres, madres por primera y segunda vez.

Todas levantaban a sus bebés para aplaudir con sus manitas al son de la letra que iba así:

Eran diez, los duendecillos.
Uno quedó inmóvil y nunca más se movió,
y quedaron nueve.
Eran nueve, los duendecillos.
Uno comió bizcocho, el bizcocho estaba viejo
y quedaron ocho.
Eran ocho, los duendecillos.
Uno se fue en carruaje, el carruaje se desbocó,
y quedaron siete.
Eran siete, los duendecillos.
Uno se fue contra las leyes y tuvo que escapar,
y quedaron seis.
Eran seis, los duendecillos.
Uno se puso un pendiente, estaba oxidado,
y quedaron cinco.
Eran cinco, los duendecillos.
Uno fue al teatro, el teatro se incendió,
y quedaron cuatro.
Eran cuatro, los duendecillos.
Uno fue a la cárcel y no se pudo librar,
y quedaron tres.
Eran tres, los duendecillos.
Uno comió arroz, el arroz tenía moho,
y quedaron dos.
Eran dos, los duendecillos.
Uno hizo ayuno, pero fue demasiado,
y quedó uno.
Quedó un solo duendecillo.
Comió urucú, el urucú no es comida,
y no quedó ninguno.

Qué letra tan optimista, pensé en ese momento, mirando al lado y sintiendo la misma incomodidad que veía en las otras madres, todas examinando las clavijas de sus pendientes, revisando que el teatro tuviera salida de emergencia en caso de incendio, todas aplaudiendo. Viva, hurra, muchas palmas, porque en esa fase la madre cree que hasta su desánimo puede victimizar al niño. Desde ese día, siempre que sentía miedo, creaba algún verso idiota para despejar la mente. Ese viernes, canturreé:

Eran nueve, los duendecillos.
Uno no se vacunó porque su madre solo pensaba en mojar el
bizcocho,
y quedaron ocho.

Comencé a llamar enseguida a todas las clínicas y centros de salud, y puse a mi secretaria a hacer lo mismo. Nada, no había sobrado ni la fracción de una dosis, ni siquiera en Tatuapé. Recordé el grupo de chat del colegio: le pedí a Cacá que les preguntara. Él fue servicial como siempre, en cinco minutos ya tenía la respuesta. En efecto, la vacuna estaba agotada, pero una de las madres descubrió que un concesionario Renault en Santo André estaba poniendo la vacuna a las familias que hicieran un *test drive*.

Cancelé todas mis reuniones de la mañana y puse a Cora y a Maju en el asiento trasero del coche, con rumbo a la ciudad vecina. Cora estaba tensa, tenía miedo de la vacuna. Maju intentó consolarla, diciéndole en algún momento que confiara en Dios para no tener miedo. Sentí envidia de los creyentes, del bastón que usaban para atravesar la vida. Tal vez por eso nunca me había parecido mala la cháchara moralina que Maju le lanzaba a Cora, si le hacía bien a nuestra nana, tal vez le haría bien a mi hija. De cualquier forma, mi pobreza ateísta y yo no teníamos nada mejor que ofrecer. Pero de repente me picó una curiosidad. Pregunté: hija, ¿qué es Dios? El semáforo estaba en rojo, pude mirar hacia atrás y verla pensar, su dedito en la boca, los ojos girando como si realmente buscaran la respuesta en los cajones infinitos de su consciencia. Dios es el amor con barba larga, dijo al fin. Luego las dejé a las dos conversar y volví a mi mundo de barba corta. Activé el altavoz para buscar un equipo que filmara las imágenes de Anthony. Al llegar al concesionario, ya había resuelto ese y otros problemas, estaba lista para la actuación. Les dije a Maju y a Cora que no nos delataran, que no fueran directas al *stand* donde una chica de chaleco ponía vacunas bajo la pancarta: «Acelerando contra la fiebre amarilla». Mantendríamos la elegancia y garantizaríamos nuestra dosis fingiendo un interés genuino en el coche, pero en cuanto avanzamos un poco en el concesionario Cora comenzó a llorar y gritar: vacuna no. Como ya no podía negarlo, decidí comentarle al vendedor que hacía tiempo que quería probar un coche y, como mi hija necesitaba la vacuna, pensé que era el momento. Sentí sus ojos en mi bolso, en la llave de coche que tenía en la mano, en Maju, detrás de mí, con su ropa blanca. Como buen vendedor, debió de ver brillar alguna posibilidad, esbozó una sonrisa y preguntó: ¿qué modelo? Señalé el que estaba a mi izquierda.

Todos nos subimos al coche. Un cuarteto improbable que avanzaba por una calle sombría de Santo André en ese momento exacto, solo porque algún día surgió un arbovirus que encontró a un mosquito llamado *Aedes aegypti* que proliferaba en una región tropical y que picó a miles de personas y generó un afán por las vacunas en un país con la salud desmantelada, donde los recursos escasean y algunas madres son tan negligentes como para ser las últimas en saber que ya no hay. Pero ahí estaba yo, pagando por mi pecado, escuchando acerca del motor, los sensores, sobre algo que hasta me pareció ingenioso: unos faros que perciben a otro vehículo en la dirección opuesta y desvían automáticamente el haz de luz. Creo que el vendedor entendió que lo oía todo como un heroinómano, esperando la hora del pinchazo, porque ni siquiera intentó seguir y me indicó el camino para volver al concesionario, para disgusto de Cora, que a esas alturas ya veía un dibujo animado en el monitor trasero. Al llegar, sin embargo, me trajo una tabla con las condiciones de pago, pero lo despisté al decir que discutiría las condiciones con mi marido y luego le daría una respuesta, mientras llevaba a Cora hacia el *stand* de vacunación.

En ese instante entró una mujer al concesionario. Me llamó la atención por su humildad: no solo su ropa era muy sencilla, sino que algo en ella excedía lo físico, una vergüenza de estar en el mundo que yo ya había visto en otras personas, incluyendo a Maju. Usaba chanclas, llevaba el cabello grisáceo preso en un moño, cargaba una bolsa. En cada mano llevaba a un niño, gemelos idénticos de unos cuatro o cinco años. A falta de otro empleado, el vendedor recibió a la mujer. La miró de la misma manera en que me miró y lo supo todo, al igual que yo. Tanto es así que ni fue simpático, solo preguntó qué quería. Probar un coche, contestó. Y él: ¿usted tiene permiso de conducir? La mujer se quedó en silencio. No puede probar el coche sin licencia. ¿No puedo ver el coche aquí dentro?, preguntó ella. Claro, dijo él, pero ¿para qué conocer un coche que nunca va a conducir? La mujer bajó la mirada, a sus pies en chanclas. Luego levantó la cabeza: ¿qué puedo hacer para que les pongan la vacuna? La vacuna solo es para los que hacen el *test drive*, son reglas del concesionario, contestó, impaciente. Por favor, dijo ella. Y tuve la impresión de que si yo no hubiera estado, él los habría arrastrado a los tres hacia fuera al instante. Pero ahí estaba, y el vendedor me miró, preocupado por la imagen que yo me hacía de él. Y no era buena, claro, tanto que le clavé una mirada dura, esa que uso con los subalternos cuando la cagan de alguna manera. Él se volvió hacia la mujer y dijo: les facilitaré una vacuna, pero solo una, porque no pueden faltar para nuestros clientes. Usted escoge cuál de los niños se vacuna. Me impresionó la salida que había encontrado ese imbécil, una solución que lograba ser aún peor que el problema inicial. Y al igual que yo, que no sabría qué hacer, la mujer tampoco lo sabía, miró a un niño, al otro, su angustia creciendo, sus manos mordisqueando las tiras de la bolsa. Fue entonces cuando me escuché decir: me llevo el coche. Quedé perpleja conmigo misma, la decisión no había salido de mi cabeza, había venido de otro lugar y con tanta fuerza que continué. ¿Miramos los precios mientras ellos se vacunan?, dije, señalando a los niños y a Cora. Claro, contestó el vendedor, y se fue ágilmente a avisarle a la joven de chaleco blanco que podía vacunarnos a todos, incluyendo a la abuela de los niños.

Luego me llevó a la mesa, me acercó una silla. Mientras me mostraba las opciones de pago, yo pensé en lo que estaba haciendo, lo que había surgido en mí para comprar un coche por impulso. Tal vez eso correspondería a la historia de una millonaria o de una ejecutiva impulsiva, pero yo no era ni una cosa ni la otra. Aún tenía tiempo de echarme atrás, pero no quería, y era exactamente esa convicción la que me intrigaba. No soy una santa, no estaba comprando el coche para salvarles el pellejo a los gemelos o para apaciguar la angustia de la supuesta abuela. Me había conmovido su situación, claro, pero sacar la billetera por ellos era otra historia. Mientras tomaba el café tibio del concesionario, pensé que estaba comprándolo porque lo necesitaba, porque nuestro carro, que conducía sobre todo Cacá, ya tenía casi diez años y estaba abollado, además era mejor tomar la carretera hacia la finca con el Renault, Cora no jodería preguntando: ¿falta mucho? a cada kilómetro, se distraería con la pantalla. Esa era la versión que mi ego, siempre con labia, había creado, y yo me la tragué, antes de comprar el coche a diez cuotas, pues aún estaba sin un peso por el cuadro de Adriana Varejão. Solo unos días después, cuando le entregué la llave a Cacá, entendí quién había hecho la compra: mi culpa. Esa tirana que de vez en cuando se sienta en el trono de mi mente, tan astuta y disimulada que actúa sin que me dé cuenta. Identificar la culpa era un buen camino para avergonzarla y sacarla del puesto de reina loca, pero en ese momento era demasiado tarde, ya había comprado el coche y Cacá se estremecía de la felicidad con el yo qué sé del motor, con los asientos de cuero marrón que le recordaban el sofá de casa de su madre. Confieso que dar de comer a la culpa me dio cierto placer. La reina crea el hambre, pero también se deleita cuando es saciada, me sentí bien al darle esa alegría a Cacá, y ese placer también venía de la sensación de que yo era una buena esposa. Una esposita maravillosa. De premio saldría derecho a otra escapadita con mi amante.

Pero todo eso fue después, en ese momento seguía ciega al rellenar el formulario, escuchando al vendedor preguntar si no quería vacunarme. Le iba a decir que no, no sé por qué siempre me sentí blindada contra todo, debía de tener el cuerpo frío o sangre con sabor a Angostura, porque los mosquitos nunca me picaban, era hasta humillante esa negativa a beber de mí, aunque fuera la única persona en una terraza en una noche de verano, pero se me vino a la cabeza que tal vez viajaría a Acre, que tal vez allá los mosquitos no eran tan selectivos como los insectos mimados por la variedad de sangres de la metrópoli. E, interpretando el papel de traidora de mi marido, no estaba bien llegar a casa transferida de un hospital amazónico con fiebre y hemorragia amorosa. Así que allá fui a vacunarme. Maju conversaba con la abuela de los niños. Los iguales se atraen en la sociedad. Ambas intercambiaban ya sus humildades mutuas. Fue, tal vez, la primera ocasión en la que vi a Maju mirarme con afecto. La señora también me veía de la misma manera, se levantó y me besó la mano. Después de eso, ella y los dos niños se fueron, la joven del chaleco blanco me remangó la camisa y me vacunó, mientras escuchaba a mi hija aullar por su inyección. Llevé a Cora y a Maju a casa y seguí hacia el canal, preocupada por ver el material que el equipo había grabado para Anthony. Ese es el otro nudo bien hecho por el capitalismo: al cumplir un deseo de compra, se refuerza la sensación de dependencia al trabajo. Al poco tiempo entraba en la sala de edición y hablaba con el camarógrafo. Me contó que grabaron las imágenes en la sierra de Cantareira. Allá se concentraba la mayoría de los casos de fiebre amarilla confirmados por el estado, casi ciento sesenta. Más que personas, las víctimas del *Aedes* eran animales: setecientos y pico monos en el área ya habían muerto por esa enfermedad. La gente comenzó a pensar que la culpa de la epidemia era de los monos aulladores porque, de hecho, el mosquito puede tomar el virus de un mono infectado y transmitirlo a otro mono o a una persona. Pero eliminar los primates era una bobada, me explicó el camarógrafo, lo que debe eliminarse es el transmisor, los monos también eran víctimas y, de cierta forma, nuestros aliados, porque cuando comenzaban a morir, a desplomarse de los árboles, servían como aviso de que había demasiados mosquitos en la región. Pero nadie lo entiende, terminó, advirtiéndome acerca de las escenas grotescas que vería a continuación.

Reprodujo las imágenes. Al comienzo todo parece tranquilo: los monos saltan con calma entre los árboles, uno de ellos come una fruta en primer plano. De repente comienza el escándalo, voces gritando cosas que no se alcanzan a entender. La cámara muestra a un grupo de personas, la mayoría mujeres, acercándose a los monos. Una de ellas se agacha y agarra una piedra. Se puede ver que espera unos segundos, mira alrededor, como buscando ser provocada. Es un segundo tenso, una suspensión narrativa, y espero que la embarazada a su lado le detenga la mano antes de atacar. Pero no es lo que ocurre. La embarazada estira el brazo hacia el frente, como un general que ordena disparar. Animada, la mujer arroja la piedra en dirección a los monos. Por suerte, su puntería es pésima: la piedra golpea un tronco y cae, rueda por el suelo. Pero la guerra ya está declarada. Otras personas se agachan, toman pedruscos, se los tiran a los aulladores. La cámara capta una mano con uñas pintadas que escoge la piedra más grande, sopesándola. Y la tira en cámara lenta. Es como si el camarógrafo hubiera olfateado la mejor escena, un cuerpo flácido de madre de mediana edad que exterioriza su miedo y tal vez sus frustraciones en un único movimiento, el dolor esculpiendo súbitamente a una atleta, la rodilla flexionada, la espalda hacia atrás, el brazo en arco. La piedra que vuela y da en el blanco, en la cabeza de un mono que ya corría asustado entre los árboles. El pobre cae, la sangre se le escurre por la cabeza, por la nariz. Es demasiada barbarie, oí decir al camarógrafo. Y pensé lo mismo, hasta darme cuenta de que yo no era tan distinta a esas mujeres. También había comenzado el día asustada, dispuesta a cualquier cosa para salvar a mi cría. La diferencia es que yo había sido educada e informada. Tenía el dinero para entrar a un concesionario y hacer un *test drive* que me daba derecho a una vacuna. Allá estaban las madres abandonadas hacía tiempo por el sistema. Más primitivas que los mismos aulladores, pues recibir y dar amparo es lo que nos hace humanos, aunque el término «humano» no tuviera sentido en ese instante.

El aullador termina muriendo a pedradas, al son de gritos que reconocí como de justicia. ¿¡No es increíble este material!?, me preguntó el camarógrafo. Asentí con la cabeza y sentí algo que ya había sentido muchas veces, una mezcla de satisfacción y tristeza al conseguir imágenes tan chocantes.

17

Giro la llave de la Orquídea. Aún no he entrado y, por el olor, ya sé lo que nos espera. Una mezcla de olor a moho y rancio con productos de limpieza, y productos baratos, conozco de lejos esa lavanda de periferia. Le quito los zapatos a Picochuca, los talones de la pobrecilla están bien heridos. Luego pongo a cargar mi teléfono. ¿Tendré ya un mensaje del señor Cacá y doña Fernanda? Claro que sí, son las ocho de la noche, veo en el visor que se enciende. Dos mensajes de mi patrón. Voy a abrirlos pero me detengo, tal vez sea mejor fingir que no los he visto. Siento un poco de culpa, pesar por don Cacá, que me trataba tan bien. Pero ya pasó, es mejor mirar al frente. También porque tengo cosas por hacer.

Escribo la contraseña de internet que veo en la mesita de noche, panoja69. Busco el número de Viação Garcia y los llamo. Un hombre dice que hoy ya no hay buses, pero mañana temprano hay uno que para en Santa Cruz do Rio Pardo y va a Presidente Prudente, el pasaje son ciento veinte reales. Tomo el bolso, mi tarjeta. Ana pregunta si puede ver la televisión y le digo que sí, mientras voy dictándole al hombre los números, la fecha de vencimiento, cuidando de que la línea no se caiga en medio de la operación. Funciona. Me dice que recibiré el tiquete electrónico por e-mail y ya va a colgar, pero le digo que espere un poco, quiero ver si llegó, me da un miedo de muerte gastar plata y quedarme sin nada. Mientras entro al correo escucho un ruido extraño, y después un gemido. Miro hacia atrás y veo a Ana sentada en la cama, con Bibi en las piernas, mirando la televisión. En la pantalla hay un ano tan descubierto, visto tan de cerca, que parece más bien la punta de un volcán. ¿Que qué es eso?, dice Ana, señalando la pantalla, hacia una panoja que ahora aparece y comienza a rozar su cabeza en las arrugas. ¿Dónde está el mando a distancia?, salgo gritando, y el gemido comienza de nuevo. Virgencita, es preferible cegar a la niña a dejar que vea una cosa de estas. Tengo que levantar a Cora para encontrar el mando. Los botones están cubiertos por una capa de plástico, tengo que apretar el *off* dos veces para apagar la desvergüenza. Tan pronto lo hago, Ana comienza a llorar. Quiero ver dibujos animados, repite, enseñando la boca. Y pienso en el otro hueco, ¿será que ella se dio cuenta de que era un ano? Mejor no hablar del asunto, tal vez lo olvide. Recuerdo que sigo en la llamada, el hombre en la línea, ay, qué vergüenza con esa criatura, ¿habrá escuchado el televisor? No tengo el coraje de hablar con él. Veo que el correo con el tiquete ha llegado y le cuelgo en la cara al infeliz. Ana sigue llorando, repite la misma frase, no hay quien aguante a un niño cuando pide algo. Decido atender su petición, la pobrecilla no tiene ningún juguete, solo Bibi, merece ver dibujos animados. Pero claro que no voy a correr el riesgo de mostrarle más pornografía, la mando a ir al baño y cerrar la puerta, solo puedes salir cuando Maju te llame. Enciendo la televisión, cambio rápido de canal, caigo en uno de noticias, en el Shoptime que vende joyas revestidas de oro, y luego de eso solo llovizna gris, nada más. Paso la toalla húmeda por la boca del teléfono que está sobre la mesita de noche. Llamo a recepción, atiende un chico. Le pregunto si no hay canales de dibujos animados. Él se queda en silencio, parece extrañarse con la pregunta, luego dice: ¿qué dibujos? ¿Algo tipo Blancanieves y los siete anales? Me da tanta vergüenza que tengo ganas de colgarle en la cara, pero estoy pagando por estar aquí, y pagando bien. Continúo, digo: dibujos para niños. El chico dice: esto es un motel, no hay cosas para niños.

Le pido a Ana que salga del baño, explico que no hay dibujos animados. Ella hace pucheros. Antes de que comience el alarido, tengo una idea. Agarro el bloc de facturas del autolavado y un bolígrafo, y rasgo la primera hoja. Mira, Ana. La flor que Maju está haciendo va a salir igualita en la otra página, digo, y levanto el papel carbón. Ana queda encantada, quisiera que Neide estuviera aquí para comprobar si valió la pena llevarse el bloc. Le tomo la mano y ambas hacemos casas, una nube, un perro y una casita para él. Me pregunta si soy zurda. Digo que sí. Ella dice que es pedestre. Suelto una carcajada. Dejo a Cora dibujar sola y me ocupo de las otras cosas que debo hacer. Agarro el menú, le doy una ojeada. Filete con papas fritas, macarrones en cuatro quesos, salchicha de Tarzán, contramuslo chorreado. Ay, sinvergüenzas, pienso, y suelto una carcajada, recordando a doña Tarsila, que adoraba ese contramuslo chorreado, la gordita era sinvergüenza como ninguna. Le pregunto a Ana qué prefiere, carne o macarrones. Llamo a la recepción y pido el filete, con dos platos para compartir. Luego abro el minibar, todo oxidado, deberían hacer una promoción, compre agua y lleve una infección de tétano.

Me siento un poco, me desparramo sobre la cama. ¿Cuándo buscarán el señor Cacá y doña Fernanda a la policía? En este momento ya debíamos haber cruzado la frontera, pero aún estamos aquí, en medio del camino. No llegaremos a Presidente hasta mañana, a la hora del almuerzo. Palpo los billetes en mi sujetador, siento miedo de lo que estoy haciendo. Quisiera tener mi libro para apartar el miedo, por eso siempre me gustó leer, porque al hacerlo no estoy aquí. Las telenovelas también sirven para eso, pero intenta seguir una telenovela trabajando como empleada doméstica. En la primera casa en la que trabajé hasta podía, pero tenía que sentarme en el suelo. La patrona tenía tres hijas, todas noveleras, no había espacio en el sofá. En mi segunda casa había televisión en el cuarto de la empleada, pero no funcionaba, la mucama con la que compartía habitación se dormía temprano y roncaba mucho, me enervaba ver telenovelas con ese ruido. Pensé que lo iba a lograr en mi tercer empleo. Cibele, no le gustaba que la llamara señora ni doña, me invitó a ver telenovelas la primera noche, siéntate con nosotros, dijo, señalando una poltrona junto a la de ella y la de su pareja. Al día siguiente volví para ver otro capítulo, pero ella no me pidió que me sentara. Me quedé caminando por ahí, fingiendo que arreglaba las cortinas, pero hizo como si no me viera. Me di cuenta que ella solo me trataba bien cuando estaba con su pareja. Terminó siendo rechazada por el joven, bien hecho. Pero a esas alturas yo ya había desistido de ver cualquier programa, ya había ido tras la lectura. No era algo nuevo para mí, porque siempre fui de las que leen, desde que el señor Miguel pasaba vendiendo libros por la granja, pero haber descubierto a Nora Roberts en una librería de segunda cerca de la terminal fue una bendición. Ay, esa mujer sí que escribe lo que me gusta. A Neide no le gustó porque dice que tiene amor de más y sexo de menos, pero ¿para qué leer sobre sexo? El sexo es para hacer, no para leer. Y no es verdad que no tenga sexo: los personajes hacen el amor, eso es lo que Neide no entiende. El hombre no lame los senos, clama por su pecho. No chupa, saborea. No entra, se sumerge. No se corre, se vacía por completo. Es más, los personajes no hacen el amor, se unen en carnes trémulas. Es otro nivel. Y todo eso ante la lumbre de una chimenea o sobre el crepitar de hojas secas. Sé que ese no es mi mundo, y lo que más quiero es que no lo sea. No soy tan boba como para pagar solo por imaginar a dos personas haciéndolo como cabras, como esos dos del televisor. En el libro que se quedó en el bus, Rosalind se enamora de un hombre maduro. Pasa algo de tiempo antes de que los dos tengan una cita. Cuando ocurre, Rosalind está frente al espejo, arreglándose para salir, y el espíritu de una antepasada aparece y le rasga la blusa en pedazos. De ahí en adelante, siempre que va a salir con el canoso, aparece la fantasma y le rasga la ropa. Se lo conté a Neide y ella su burló de mi libro, menuda historia más estúpida. De estúpida, nada. Cuántas veces no me sentí como Rosalind, lista para salir, toda arreglada frente al espejo, y luego la mucama con quien compartía cuarto aparecía en mi cabeza, decía: mujer, qué ordinaria eres, y en ese momento era como si mi ropa también se despedazara. Lauro era otro que aparecía para espantarme de vez en cuando. Con solo pensar que me abandonó sin dejar una nota mi rostro envejecía, mi escote parecía un hueco triste.

Y como no tengo nada para leer y no estoy siguiendo una telenovela, decido poner el canal de noticias, dejar el televisor prendido toda la noche, qué tal si aparece algo acerca de la desaparición de Cora, que ni siquiera ocurrió con el bebé de Neide. Toco madera y pongo el mando sobre la televisión, no hay manera de que Picochuca lo alcance. Enseguida camino un rato en el cuarto, voy al baño para ver si hay toallas para las dos, secador de cabello. Ana me pincha. Maju, mira el dibujo que te hice. Me agacho, me gusta verle la carita, esos dientes que luego van a caer. ¿Sabes qué es eso?, me pregunta. Claro que no, lo que veo es una factura con un círculo mal hecho y unos garabatos extraños dentro. Pero no voy a desilusionar a Ana, por lo menos intentaré adivinar. Una bola. Un balón. Una pizza. Un payaso. Un cohete. Un planeta. Un brigadeiro. La calabaza de Cenicienta. Ella se ríe cuando hablo de la calabaza. Nada de eso, bobita. Es un corazón, dentro estamos las dos.

18

Era casi la una de la mañana cuando aterrizó el avión. Nunca había puesto un pie en Acre. Sentí de inmediato que era otro mundo por el olor a selva, por el calor que no refresca ni entrada la noche. Agarré la maleta, me arreglé el cabello en un espejo que encontré en el camino, pensando dónde tenía la cabeza para aterrizar en ese lugar, mintiéndole a mi jefe, a mi marido, diciéndoles que iba a acompañar una grabación cuando estas ya se habían terminado.

Luego descubrí que tenía la cabeza en medio de las piernas. Tanto que sentí una punzada en la pelvis al ver a Yara esperándome, recostada contra una camioneta toda sucia que debieron de usar en la grabación. Entré, nos besamos. ¿Adónde vamos?, pregunté tan pronto pude recobrar la compostura. Hasta entonces Yara no había dado detalles acerca del viaje, y yo no había querido hacer muchas preguntas. Vamos a Tarauacá, a unas tres horas de aquí, y de allí a São Vicente, donde tomaremos el barco a las seis de la mañana para ir río arriba hasta la aldea. ¿No te vas a cansar de conducir toda la madrugada? Soy directora, estoy acostumbrada a trabajar de noche. Y pone la mano en mi pierna: prepárate, porque en un par de horas ya no habrá señal. Y luego, nada de comunicación. Ni si quiera hay teléfono en la aldea. ¿Ni siquiera uno público? Ella negó con la cabeza. Entré en pánico, pensando en Matthew, en Cacá, en Cora, en la posibilidad de que me picara una serpiente y no poder llamar a una ambulancia.

Mientras pensaba qué le diría a mi jefe, pregunté qué tal estuvo la grabación. Yara dijo que fue excelente, la ariray cumplió el cronograma. Me contó algunas escenas. Enseguida le mandé un mensaje a Matthew diciendo exactamente lo contrario, que la grabación fue un desastre, tal vez tuviéramos incluso que cambiar el animal escogido, por eso hice el sacrificio de venir personalmente a la Amazonia. Luego mandé un mensaje a Cacá, a Cora y a mi asistente, que sabía lo que yo estaba tramando y, si era necesario, me cubriría.

Habría seguido escarbando en mi móvil si no fuera porque la figura a mi lado encendió un porro, subió el volumen de la radio y cantó el estribillo de una canción popular brasileña, con sus extrañas erres. Hice lo mismo, soltamos una carcajada. Qué mundo tan injusto, pensé. Si Cacá estuviera cantando y fumando marihuana en una calle llena de baches como esa, le habría arrancado la hierba y habría apagado la radio, diciéndole que prestara atención, pero el amante es amante y solo salté al siguiente tema, preguntándole cómo había conocido a los yawanawas.

Yara me contó que estuvo por primera vez en la Aldeia Sete Estrelas a los nueve años; fue a acompañar a su madre en una investigación sobre las tribus amazónicas. Se quedaron dos meses y, en ese periodo, se hizo amiga de Shakuna, una yawanawa de su misma edad. Siete años después, cuando Yara ya tenía dieciséis y su madre había desaparecido, el padre le dijo que quería volver a Sete Estrelas para investigar algunos yacarés. Ella pensó que él no quería investigar ningún animal, lo que quería era ver si su mujer estaba allá. No estaba, pero ir allá terminó siendo bueno, entre otras cosas, porque Yara se reencontró con Shakuna y retomaron la amistad. Hace unos años, Shakuna fue quien la visitó junto a su marido en Estados Unidos. La yawanawa había ido a un congreso de amerindios, se había vuelto una figura importante. La primera mujer de la etnia en volverse chamana. ¿Cómo lo consiguió?, pregunté con verdadero interés, aunque no recuerdo que Yara contestara. Yo ya estaba fundida, mis párpados querían terminar el turno que habían comenzado a las seis de la mañana. Me miró y comentó que así es cuando cruzamos el portal del mundo incomunicado, el cuerpo se relaja. Soltó una mano del volante y me acarició. Me dormí.

Creo que las sacudidas del coche fueron las que me despertaron. O la luz que anunciaba el día y golpea las casas de la única calle de São Vicente. El pueblo existía solo en función del río Gregorio; de ahí subían los barcos a las aldeas. Estacionamos cerca del agua. Yara me despertó con un beso de aliento apestoso en la boca. Bajamos, ella descargó el equipaje. Vi que había traído una garrafa de agua, galletas con fibra. Por si te parece rara la comida del pueblo, me dijo, y sentí por ella el amor que se siente por quien nos cuida.

Miré el móvil, ni siquiera el reloj se actualizó, señal de que realmente estábamos en otra dimensión. Un indígena, que también esperaba un barco, nos dijo que eran las seis y cuarto. ¿Se habrá ido nuestro barquero?, le pregunté a Yara. Soltó una carcajada. Claro que no, nuestro barco sale a las seis hora india, que es cuando todo esté listo. Puede ser seis y media, siete, hasta ocho. Nunca a las seis y poco. Era verdad, no hubo señal del barquero por un largo tiempo, solo de los mosquitos, que aumentaban mi miedo a la malaria y hacían que me echara repelente hasta en las orejas. Ten esto, dijo Yara, y me dio una pastilla de complejo B que, según ella, haría que mi sangre fuera aún más intragable de lo que ya era.

Hacia las siete llegó nuestro barco. En realidad, era una canoa motorizada, con tiras de madera que hacían de sillas. Cargamos nuestro equipaje. Quería sentarme a su lado, pero el barquero no me dejó, cada una debía quedarse en una punta para distribuir el peso. Partimos río arriba, con la perspectiva de cuatro horas de viaje, lo que me pareció una locura, pero poco a poco cobró sentido. Como había dicho Yara, cuesta llegar a donde Starbucks no ha llegado, y todo iba haciéndose cada vez más bonito a medida que nos alejábamos de las manos del capital.

Al fin llegamos al pie de un barranco. De ahí para abajo no se veía nada. Subí las escaleras con expectativa. Al pisar tierra plana tuve una sorpresa agradable, un gran escampado rodeado de chozas, niños corriendo con faldas de paja, algunas mujeres con los pechos desnudos, voces cantando. Una mujer, que supuse era Shakuna, vino caminando en nuestra dirección. Le dio un abrazo a Yara, luego a mí. Fuimos a su casa. Pensé que era una choza más grande, más apartada, ¿no era ella chamana?, pero su habitación era igual a las otras, de madera y con un montón de hamacas colgadas dentro, al fondo la cocina con una mesa. Me imagino que están muertas de hambre, dijo, y le pidió a su cuñada que sirviera el almuerzo.

Mientras comíamos, Shakuna comentó que de noche era mejor comer algo ligero, no era bueno tomar uni con el estómago lleno. ¿Uni?, pregunté. Esa gente que está cantando, dijo Shakuna, e hizo una pausa para que escucháramos el canto que venía de lejos, están cantando para hacer uni. Yara se volvió hacia mí: así es como ellos llaman a la ayahuasca. Creo que abrí los ojos, porque luego dijo que, si no quería, no tenía que tomarla. O puede tomar solo un poquito, sugirió Shakuna. Pero luego no puede tener sexo durante todo un día, terminó, mirándonos con una sonrisa materna. Quedé tensa: podía lidiar con las drogas, pero solo las que recomendaba la FDA o las que perseguía el FBI. Decidí cambiar de tema, le pregunté a Shakuna cómo se había vuelto chamana. Dijo que fue difícil, tuvo que estar aislada nueve meses en la selva para demostrar que era tan fuerte como un hombre. Y durante todo ese tiempo se alimentó poco, solo de lo que ella cazaba y del uni, que tomaba todo el día para hablar con los espíritus. Creo que Shakuna sintió mi asombro, porque explicó que era normal entre ellos pasar un tiempo solos en la selva para ganar fuerza.

Después de que ella y Yara se pusieran al día después de no sé cuántos años, Shakuna decidió llevarnos a nuestra choza. Quedaba aislada del resto de la aldea —según la chamana, a los turistas les gustaba tener cierta privacidad—, en un claro en medio de la selva, junto a un igarapé. La choza había sido construida sobre estacas, tenía un bonito tejado de paja, pero no tenía paredes. Ni baño. Tan pronto la chamana nos dejó, pregunté: ¿vamos a dormir aquí? Sí, dijo Yara, y comenzó a colgar las hamacas. Enseguida nos pusimos el bikini, agarramos nuestros neceseres y bajamos en dirección al igarapé, en compañía de una cantidad impresionante de mariposas. Yara se detuvo de repente. Mira esa *Scolopendra* tan linda. Miré hacia abajo y vi una tijereta repulsiva que atravesaba nuestro camino. Quería darle un chancletazo al bicho, pero me quedé de pie, escuchando a Yara: mira sus colores, mira esa antena. Ella siguió fijándose en el artrópodo un largo tiempo, pensé incluso que estaba drogada, pero recordé que aún no había fumado. Cuando la tijereta desapareció entre la vegetación, continuamos nuestro camino. Y entonces fue mi turno de estar impresionada al ver el paisaje en su totalidad.

Un riachuelo cristalino cortaba la selva, con tallos y flores inclinados sobre el agua como en reverencia. Del lado en el que estábamos había una pequeña franja de arena, una playa privada. Estábamos a casi treinta grados, fue maravilloso zambullirnos. Yara puso el jabón líquido en una piedra, comenzó a pasarlo por mi cabello. Me limpió la cabeza, me lavó la cara, mis hombros. Deshizo el lazo de mi bikini, tomó mis pezones con la mano llena de espuma. Le hice lo mismo; nuestros tops flotaban a un lado. Luego nos sumergimos juntas. Fuimos nadando hasta la franja de arena. Nos acostamos en el agua menos profunda, apenas para cubrir nuestros cuerpos, y ahí hicimos el hoka-hoka.

Cuando miramos a nuestro alrededor, nos dimos cuenta de que los tops habían desaparecido corriente abajo, lo cual no era precisamente un problema en ese ambiente. Nos acostamos en la arena, los cuatro pezones mirando hacia el sol. Yara encendió un porro. Nos quedamos un tiempo conversando. En algún momento escuché un ruido. Lo busqué y vi una especie de cerdo, solo que bien pequeño, no muy lejos de mí. Yara dijo que no debía tenerle miedo, era solo un taitetú inofensivo. Luego se volvió a acostar, apoyándose sobre los codos, la mirada lejana, en la curva del río. Cuando era pequeña tenía una pesadilla recurrente, me contó. Soñaba que las luces de la ciudad invadían el campo como una plaga. Brotaban hasta en el valle detrás del rancho en el que vivíamos. Luego me miró: a veces creo que esa pesadilla realmente está ocurriendo. ¿Sabes qué porcentaje de los mamíferos son salvajes? Veinte, adiviné. Cuatro por ciento. El resto son seres humanos y sus animales de granja. Transformamos tanto la naturaleza que hay un biólogo que dice que la era en la que vivimos ni siquiera debe llamarse el Antropoceno, sino el Eromoceno. ¿Qué quiere decir eso? La era de la soledad. Me acerqué, le besé la tristeza en la boca. Luego subimos en silencio a la choza, tal vez por estar cansadas, o por estar tranquilas. O las dos. Yara se acostó en la hamaca, dijo que iba a hacer una siesta. Me acosté en la mía, sin esperanza de dormir, pero me fundí a los cinco minutos. Despertamos con un ruido de platos. Shakuna les manda estas tapiocas, dijo un chico, dejando también dos vasos de zumo. Ya caía la noche. Yara encendió la lámpara. Seguíamos somnolientas, comimos en silencio al borde del palafito. Nuestras piernas se rozaban de vez en cuando. Luego nos lavamos los dientes con agua de botella y caminamos con nuestras linternas hacia el centro de la aldea.

Noté que varias personas subían el barranco y llegaban a Sete Estrelas. Yara me explicó que eran yawanawas de aldeas vecinas, el sábado por la noche todos se reunían para hacer la ceremonia. Deduje que ocurriría en el escampado, donde ahora había una hoguera. Al fondo, una mesa larga, con dos sillas y dos jarrones barrigudos, sus bocas cubiertas de tela. Quienquiera que llegara se iba sentando en torno al fuego, lo cual era comprensible, la temperatura caía de madrugada. Luego apareció Shakuna, con una serpiente de cuentas en el cuello. Nos saludó con el mismo cariño, preguntó cómo estábamos. Luego nos presentó ante varias personas, entre ellas otro chamán, que conduciría la ceremonia con ella. Él quiso saber si era mi primera vez; se refería a la ayahuasca. No supe qué decirle, no estaba segura de si iba a hacerlo. Estaba cagada del susto de tener un ataque en medio de la selva. Por otro lado, no quería desperdiciar la oportunidad de probarla en un lugar como ese, con Yara. Dije que lo era. Yara sonrió. Justo después me llevó hasta la mesa, donde Shakuma y el otro chamán se habían sentado, una fila frente a cada uno.

Cuando llegó nuestro turno, Shakuna dijo que me daría poco para iniciar. Si sentía náuseas, podía vomitar en la selva. Y buscarla a ella para cualquier cosa. Luego me extendió un vaso con dos dedos de uni. Miré a mi lado y vi a Yara vaciando un vaso lleno. Me tomé el mío. Nos sentamos juntas en torno a la hoguera y comencé a sentir un peso en la barriga, unos eructos inconvenientes. Solo quería robarle unos besos a Yara, y los gases no ayudaban mucho. Pero, aunque yo estuviera lista para besarla, ella estaba en otro cuento, los ojos cerrados, transportada por la música. También cerré los ojos, tal vez así se terminaba el viaje de ese platazo de yagé, pero el tiempo pasaba y nada. Le puse atención a las otras personas, a las melodías. A lo simple que era la letra, despojada de metáforas o narrativas, tal vez para darle espacio al inconsciente; un trampolín que solo existe para profundizar el salto. Más o menos a la media hora me di cuenta de que Yara estaba llorando. Le sequé las lágrimas. Su mirada era distinta, o tal vez era yo la que veía mejor. Vi, en sus pupilas dilatadas por la noche y la infusión, una tristeza más allá de esa causada por la pérdida de los salvajes o de la naturaleza. Yara tenía la tristeza de quien no tiene a dónde volver. La abracé. Le pregunté cómo estaba. Dijo que bien, le sentaba bien llorar. ¿Yo no sentía algo? Dije que no. Ella me tomó la mano y dijo: ven.

La fila volvió a hacerse de nuevo, con las mismas personas, lo cual me indicó que era normal tomar una segunda dosis. Las dos entramos. Shakuna me preguntó si estaba bien. Le dije que sí. Me dio un vaso lleno. El chamán le entregó otro a Yara. Los bebimos, esa vez yo quería que me golpeara, quería entender lo que todos sentían. Luego supe que el viaje siempre es imprevisible, que nunca se repite. También aprendí que la cantidad no garantiza nada, pero que estar relajado ayuda bastante. Y sí que me ayudó, porque esa vez el uni vino con toda la fuerza. Comencé a sentir oleadas fuertes de náuseas. Vomita, dijo Yara, te hará bien. Me llevó al borde del escampado, donde otras personas también vaciaban las tripas. Vi al chamán observándome de lejos, y percibí la pequeñez de saber que estaba sola en un lugar sin ambulancias, aun cuando estaba amparada por una comunidad y por una sabiduría de cientos de generaciones. Ese conocimiento recomendaba que tomáramos el uni con propósito, no por nada llamaban «medicina» a esa sustancia. Pensé en Yara, en qué haría yo con mi matrimonio en caso de que las cosas tomaran el rumbo que ya sentía que tomaban. Pero como alguien dijo más tarde, puedes pedirle una respuesta o una cura para algo, y puedes hasta conseguirla, pero la que decide lo que realmente debe ser curado es la infusión. Y la infusión me mostró a Cora. Con los ojos cerrados, vi a mi hija, gigantesca, frente a una puerta minúscula que intentaba abrir, aunque no lo lograba. Giraba el picaporte, veía a través del hueco de la herradura, empujaba, nada. La imagen se fue sin aviso, igual como surgió. Y entonces me vi cuando era pequeña, en la casa donde pasé mi infancia. Pasé por las habitaciones, vi detalles que no recordaba, que debían estar guardados en una parte inaccesible de mi memoria y ahora brotaban con la misma calidad palpable de un sueño o de la vigilia en sí. Abría la caja de cigarros de mi padre en la mesa de centro, veía en rojo la marca Menendez. Sé que estaba en mi cuerpo de niña porque en algún momento me vi a mí misma en el jardín, con el mono que usaba cuando tenía unos cinco años. Atemorizada, veía las plantas altas que mis padres nunca podaban, veía las viejas llantas y los escombros que dejaban acumular en ese sombrío jardín. Llamé varias veces a mi madre, pero nadie vino a buscarme, hasta que yo misma aparecí, adulta, y tomé a mi yo pequeña en brazos. Calma, le dije, salgamos de aquí. Sentí que debíamos buscar a alguien más, pero en ese momento abrí los ojos y todo se detuvo.

¿Cuánto tiempo habría pasado? El fuego seguía ardiendo, pero los indígenas y Yara estaban en otro rincón del escampado, cantando en círculo, tomados de la mano, sus siluetas y voces alargadas bajo la luna. Toqué el hombro de Yara, me ubiqué entre ella y una señora, al comienzo me sentí medio ridícula, cantando y zarandeándome en círculos, como una niña. Luego entendí que el problema no era el baile, sino juzgar lo que hacía. Juzgarlo todo, todo el tiempo. Llevada por la música, sentí que la barrera entre las personas y las plantas y la luna y yo se desintegraba. Y siendo todo, ya no era yo. Y, al no ser yo, no sufría tanto. Fue la experiencia más cercana que tuve a lo divino, algo que ninguna religión había logrado ofrecerme con todo su esfuerzo litúrgico. Yara me contó después que por eso la Iglesia siempre había intentado marginar la ayahuasca, porque conocía su poder. Mientras los católicos y evangélicos necesitan un intermediario —el cura, el obispo— para hablar con Dios, la infusión desmantelaba esa jerarquía, ponía a la persona en contacto directo con lo divino, o la sensación de este.

En ese momento, los indígenas comenzaron a hacer fila para la tercera dosis, Yara me preguntó si quería más. Le dije que no, me sentía tan bien que no quería arruinarlo. Ella me dijo que tampoco quería. Nos quedamos ahí un rato, mirando mientras se diluía el círculo y volvían los tambores, hasta que ella dijo: ¿nos vamos? Comenzamos la caminata en dirección a nuestra choza. Cuando aparté los ojos del camino proyectado por la linterna, vi que el cielo ya aclaraba un poco, y era posible distinguir el contorno de nuestro tejado de paja. Yara saltó al palafito y me extendió la mano para que subiera. Me preguntó si tenía hambre. Dije que no, pero ella insistió que era mejor comer. Compartimos una fruta, hablamos un poco sobre nuestras visiones con el uni. Luego me puse un camisón y ella una camiseta, esa mirada recíproca de calentura. Comenzamos a besarnos. Recuerda que no podemos. Y ella: voy a matar a Shakuna.

Resignadas, nos acostamos en las hamacas, oyendo, más allá de los animales, el crujir de los ganchos, hasta que una mano entró como una araña a mi mosquitero, levantando el tul. Sentí el cuerpo de Yara anidarse en el mío, la hamaca balanceándose para acomodar el volumen de ambas. No podemos, susurró, y me apretó el pezón. No podemos, repetí, y me quité el camisón.

Seguimos tocándonos, diciendo «no podemos», hasta que pegamos boca con boca, pecho con pecho, clítoris con clítoris, y follamos como siamesas en la hamaca. Cuando terminamos, no nos giramos a un lado ni hacia arriba, no había espacio. Y, aunque hubiera, no quería. Mirando sus pupilas aún dilatadas le dije: te amo. También te amo, dijo ella, devolviéndome la mirada. Despertamos con el sol clavado como una lámpara en el cielo. Nos pegamos una zambullida y fuimos a almorzar, cargando nuestro equipaje. No faltaba mucho para la hora de la partida. Shakuna nos recibió, la mesa estaba puesta, la cuñada sacaba un pescado de la brasa. Comimos. Yara tomó algunas fotos.

La chamana nos condujo al río, donde un barquero de unos dieciséis años nos esperaba, un pie en la tierra, el otro en el casco. Me despedí y abordé. Las dos siguieron conversando un poco, creo que Shakuna hablaba acerca de una posibilidad de reencontrarse dentro de poco, no sé bien, terminé distraída con el barquero, con las marcas en su abdomen. Tenía decenas de bolitas blancas en la piel, cicatrices iguales a las que yo había visto en un documental, hechas para aplicar veneno de sapo. Lo recordaba porque me había intrigado. ¿Cómo debía de ser la euforia causada por la sustancia para que los indígenas se agredieran de esa manera? Decidí averiguarlo con el barquero. Me confirmó que los huecos eran por la aplicación y dijo que la sensación era pésima, una pesadilla. ¿Cuántas veces lo has hecho? Quince, comencé a los siete años, respondió con orgullo, mostrándome tres huecos pequeñitos cerca de sus costillas. Cuando partimos, comprendí la función del veneno. Además de limpiar el cuerpo, era una manera de demostrar valentía; por eso exhibían los huecos con tanto orgullo. Tomar kambó y ayahuasca no era precisamente bueno, pasar meses en la selva como Shakuna y otros indígenas hacían no era bueno, y eso era ajeno a mí, porque en nuestra sociedad solo le vemos sentido a lo que da placer. El enfoque de los indígenas no tenía nada que ver con el hedonismo, lo que hacían era entrenarse para confrontar temores. Todo giraba en torno a enfrentar el miedo, algo que me pareció fascinante, porque yo fui educada para suprimirlo. Sé valiente, oí toda mi vida, no tengas miedo. Y en ese momento me preguntaba: ¿es posible no tener miedo? Claro que no, por eso la sensación de impotencia que yo sentía, porque el miedo siempre vuelve, reinventado. Pensé que desde entonces le diría a Cora: hazlo, a pesar del miedo. Si yo hubiera esperado a que este desapareciera, no le habría mentido a Cacá y a Matthew, no habría entrado en el avión, no habría ido a una zona endémica de malaria, no habría subido el río sin señal y sin servicio de urgencias, no habría tomado ayahuasca, no habría conocido una selva que tal vez ni siquiera exista dentro de veinte años, no habría oído «te amo» en una hamaca. Sentí una satisfacción tan grande por todo lo que hice. Y, con esa satisfacción y con el cabello desgreñado por el viento, unas horas después desembarqué en São Vicente.

Ya casi terminaba el día y aún teníamos mucho camino por recorrer. Lo cual no era realmente un problema, habría viajado hasta los polos con esa mujer. Pero yo tenía un vuelo, una vida, todas esas cosas. Cargamos la camioneta, nos preparamos para partir, pero antes Yara dijo que tenía que beber una Coca-Cola. Me pareció curioso, nunca la había visto tomar una, ¿por qué esa necesidad urgente? Entramos a la única tienda local, que vendía desde patatas hasta vestidos. Apoyada sobre el mostrador, Yara abrió la nevera, me ofreció un trago. Le dije que no me gustaba mucho. Ella me dijo que a ella tampoco, pero que era una costumbre de ella, del papá y de la mamá. Siempre que iban al campo en alguna región apartada, bebían una Coca-Cola de regreso. No por el gusto en sí, sino porque, después de un tiempo privados de las ventajas de la civilización, era como si le dijeran al cuerpo: estamos de vuelta.

Enseguida tomamos la carretera. El tiempo pasó rápido; cuando me di cuenta hasta teníamos señal, podía volver a conectar mi aparato. Parecía tan grave quedarse sin contacto, pero cuarenta y ocho horas y casi doscientos mensajes después, nada importante había ocurrido. En algún momento hablamos del futuro, lo cual me alegró, solo quien ama hace planes. Claro, se trataba de un futuro próximo: Yara no sabía dónde estaría de allí a un año, pero sabía que tan pronto terminara la serie se iría a Escocia para grabar la migración de los lobos. Me contó, satisfecha, que los escoceses se dieron cuenta de que necesitaban a los salvajes para equilibrar el ecosistema, y decidieron importar una jauría de Dinamarca. Será lindo verlos llegar, dijo, y apretó el volante. Y luego: puedo alquilar una casa en la colina. Quedémonos, fruyamos de ese lindo paisaje. No sé qué me sorprendió más, si el verbo «fruir» o la invitación. Le dije que no podía desaparecer un mes, tenía hija, marido, trabajo. Ella me dijo que llevara a Cora, me ayudaría a cuidarla. En cuanto al trabajo, podía hacerlo a distancia. Y en cuanto al marido, era solo decirle que había encontrado a la mujer de mi vida. Aunque me parecía que la conversación era una bobada, sentí un frío y un calor simultáneos. Dije que iba a pensarlo. Y lo haría. A lo largo de los próximos días, pensaría en eso cada minuto, en conocer con Yara un mundo distinto al mío. Tal vez las pasiones también sean devastadoras por eso, porque enamorarse de otro es enamorarse de una nueva posibilidad de sí misma.

19

Suena el teléfono de la habitación. Me asusto, ¿habrá descubierto alguien que estamos aquí? Pienso en no contestar, pero puede terminar aún peor, la gente de la recepción o quienquiera que sea puede venir hasta aquí. Levanto el auricular, digo: dígame. El plato está en el cajón, dice el chico. Digo: está bien, y cuelgo, y solo entonces me doy cuenta de su respuesta tan extraña. No soy ignorante, ya me he quedado en muchos hoteles con mis patrones, en todos es igual, el empleado toca el timbre, entra al cuarto y deja sobre la mesa una bandeja cubierta por una tapa. Siempre me pareció genial esa tapa. Pero comida en el cajón, ¿qué locura es esa? Llamo a recepción. El chico me dice que mire la pared, ¿no hay un cajón grande y gris? Y ahí está, un cuadrado de metal con un asa, pensé que era una caja eléctrica. Lo abro y ahí está el filete con patatas fritas.

Coloco el plato sobre la mesa. Es tan estrecha que me recuerda una tabla de plancha con dos sillas. La comida también es bien pobre, no sé por qué existe esa manía de usar la lechuga como una cama, tal vez sea para distraer de lo feo que es el filete lleno de nervios, tengo que cortarlo en pedacitos minúsculos para que Ana pueda masticarlo. Luego me siento y comienzo a cenar. No pasan ni dos minutos y escuchamos un ruido, un portazo, una voz de mujer que dice: Ven ya, que me gusta follar llorando. Lo que faltaba. Me levanto y subo el volumen de la televisión para ahogar el escándalo del vecino. Ana reclama, está muy alto, pero luego nos distraemos con un juego que invento. Ella dice que tenía hambre y yo digo que sí, quien cocinó fue un hombre. Ella dice: dame un palillo y le digo que no tengo pitillo, y así vamos, yo finjo que no escucho bien y ella se muere de la risa.

Terminamos de comer y bajo el volumen del televisor, le digo que es hora del baño. Voy al lavamanos, tomo el champú y el jabón, los frasquitos con una manzana en el envase, Motel Fruto Prohibido. Al parecer el dueño de la Panoja no tiene dinero ni para hacer sus propios productos. Abro la ducha. Se calienta rápido, el único problema es la cantidad, una gotera. A mí me sirve, pero ¿te imaginas lavar la cabeza de la niña a ese ritmo? Serán más de cinco minutos solo para quitarle el champú, ella gritando, lo cual es medio normal en un motel, pero no en boca de una niña en un motel, y lo último que quiero es llamar la atención. Decido no lavarle el cabello, pero no encuentro gorro de baño, ¿qué hago? Miro la bañera. Los millones de gérmenes ahí dentro me devuelven la mirada. Me pongo roja de solo pensar de dónde vinieron. Si vamos a estar en la bañera, será mejor desinfectarla.

Recuerdo lo que vi sobre el minibar. Voy hasta allá, leo rápidamente el rótulo del Old Eight, cuarenta por ciento de alcohol. Seagers, cuarenta y cinco, mejor aún, pero debe ser ginebra paraguaya, no puedo creer lo que está escrito en el envase. Miro el precio en el menú. Sí, seguro que es paraguaya, lo que no sé es si le ponen más o menos alcohol en la botella para venderla más cara. Decido probarla. Debe ser concentrada, porque me come el estómago. Voy hasta la bañera con la botellita abierta, Picochuca detrás de mí, curiosa por ver lo que haré. Esparzo la ginebra sobre la bañera, pero es poca, no cubre todo el espacio y no quiero gastar otra botella, el Old Eight cuesta un ojo de la cara. Entonces tengo una idea, una manera de matar para siempre a los microbios. Voy por mi bolso y cavo en lo profundo. Encuentro lo que esperaba, la caja de fósforos de un restaurante al que fui a comer junto con doña Fernanda. Raspo la cabecita roja y la lanzo en la bañera. Se levanta una llamarada. Ana salta, la escucho aplaudir a mi lado. Me inclino rápido para abrir el agua, el plan es dejar el fuego solo unos segundos, pero la llave no suelta nada, solo hace ruido y no suelta ni una gota, la llama se propaga. Virgencita, ahora voy a prender fuego al baño, nunca pensé que iban a descubrirnos de esa manera, en el Noticiero Nacional incendiando un motel a la orilla de la carretera. Corro a buscar un vaso, a llenarlo de agua, pero entonces la llave de la bañera suelta un chorro, una ráfaga hedionda que apaga el fuego y toda la agitación dentro de mí. Me siento al lado de la bañera y me deshago en carcajadas. Qué susto, qué alivio. Ana se ríe conmigo, ha sido muy divertido, Maju. Luego, mientras enjugo las lágrimas que me cayeron de tanto reír, ella dice: te amo. ¿Qué, Picochuca? Te amo.

No es la primera vez que lo dice, pero tal vez sea la primera vez que lo responda. No fui educada para decir esa frase. Sé que mi abu Brígida me amaba porque hacía todo por mí, pero nunca escuché de su boca un te amo, nadie dice eso en el campo, es como si el amor fuera una cosa demasiado delicada para nosotros, una caja de bombones con papel de seda que solo algunas manos pueden abrir. Convivimos quince años, dormimos en la misma cama, sentimos tanto amor la una por la otra y nunca nos dijimos esa frase, ni siquiera antes de que partiera. Luego pasé unos años sin decirlo porque no lo sentía, el amor parecía un privilegio, un premio gordo que se gana y se exhibe, como esas parejas que se besan en la calle. Luego vino Lauro, y descubrí que podía amar, pero decirlo era distinto. Después de dos meses juntos él dijo te amo y yo casi muero, lo miré más tiesa que una escoba, ¿qué hago ahora? Un recelo de entregarle la frase que nunca había dado, ni a mi abu. Y un miedo de gastar algo que aprendí que era único en la vida. Tanto que no lo logré, la frase se quedó detrás de mis dientes, me quedé con el te amo en la boca, pensando si debía echarlo afuera o no, hasta que al fin logré contestar, bajito y balbuceando, ocho días después. No soy la única, sé que no soy la única. Una empleada conoce la intimidad de la gente, sus pantis e interiores de dentro hacia afuera, por eso sé que decir te amo no es para cualquiera. Hay hombres que pasan la vida sin decírselo a los hijos. Hay mujeres que pasan la vida sin decírselo al marido. Y hay personas, como Neide, que se lo dicen a todo el mundo. Me pareció absurdo cuando nos conocimos, algo de una chica lanzada, decírselo a todo el mundo. Hasta que comencé a fijarme en lo feliz que era Neide, lo feliz que era Lauro, y que tal vez fueran felices porque decían más te amo. Como alguien me dijo alguna vez, el hambre llega al comer. Tal vez el amor llegue al amar. Lo aprendí y comencé a decirlo, contado y medido como es mi manera, y se lo habría dicho a Cora las veces que ella lo dijo en casa de la señora Fernanda, de madrugada, cuando se escabullía de su cama e iba a dormir a mi cuarto, no lo dije solo porque sería un exceso de confianza por mi parte decírselo a la hija de mi patrona. Pero ahora ella es mía. Le contesto: yo también te amo. No me pone atención, ya anda distraída con otra cosa. Está agachada, intenta tocar el agua con los dedos. Quita la mano de ahí, Ana, la he llenado para hacer un caldo y luego quitarle lo sucio, la bañera solo estará lista cuando lo haga. Me agacho para desenroscar el tapón. El agua comienza a drenar, cada vez está menos profundo, Ana la mira, por lo visto hasta perdió la pereza de bañarse. Me giro para tomar el jabón. Me llama. Mira eso, Maju. Señala el drenaje, el agua que forma un remolino alargado que gira sin parar. El agua es bailarina, dice, sonriéndome.

20

Después de volver de la Amazonia, me encontré con Yara algunas veces. Ella se fue a Espírito Santo para grabar otro episodio de la serie, y comenzó el silencio. Le envié mensajes durante algunos días, ninguna respuesta. No le presté mucha atención. El trabajo de mi equipo era precisamente escapar de las redes, me hubiera preocupado si grababan jaguares bajo el paraguas de la telefonía. Pero tras casi una semana comencé a preocuparme. ¿Se habrá liado con alguien más? ¿La habrá engullido un ocelote? Le pedí a Agnes que investigara discretamente. Me dijo de inmediato que la directora de la serie había aterrizado en São Paulo el día anterior, a las diez de la mañana. Me sorprendió, ¿por qué no me había buscado, si estábamos en la misma ciudad?

Salí del trabajo y pasé por casa para darme una ducha. Aparte de las opciones que terminaban en Medicina Legal, en todas las otras yo nutría la esperanza de tener algo de sexo después de encontrarnos. Al llegar me recibió Maju sin su uniforme blanco. Qué bien que la señora ya ha llegado, iba a mandarle un mensaje, pensaba que se había olvidado de la fiesta. Claro que la había olvidado, pero no fue necesario mucho esfuerzo para recordarlo. La madre de la cumpleañera, una amiga del colegio de Cora, había enviado un *save the date* a todas las madres, dos meses antes del gran día, como si alguien fuera a aplazar un viaje o incluso una consulta médica por el evento. Maju dijo que me había enviado un mensaje, avisando que no iría al cumpleaños porque tenía su visita conyugal. Y yo le había dicho que no había problema. Sí, lo hice, sin entender que quien tendría que acompañar a Cora a la fiesta —y ya estaba allá, el grupo había salido derecho del colegio— era yo, pues mi marido había ido a entregar cactus en un matrimonio.

No había otra, agarré mi bolso y fui a cumplir mi deber. Toqué el timbre del número 25 en la calle Clélia. Me recibió una empleada, y solo entonces me di cuenta de que no sabía cuál era la apariencia de la madre de la cumpleañera. Mientras caminaba hacia el espacio de la fiesta, en la parte trasera de la casa, revisé mi agenda, pero no tenía su nombre ni el teléfono, mucho menos su foto. Saludé a las madres, todas sentadas en una mesa, con la misma efusividad. Luego fui por Cora, que estaba siendo maquillada por una chica vestida de payasa. Vi sus ojos revolotear de alegría al verme. Le di un beso a mi hija, saludé a sus amigas. Le pregunté a Cora quién era la madre de la cumpleañera. Señaló a una pelirroja y salió corriendo detrás de otras niñas.

Acomodé una silla, me senté con ellas. Solo conocía a una, la madre de una chica que solía ir a mi casa, aunque no éramos muy cercanas. A las otras solo las conocía de lejos, de ojos y cejas levantadas en fiestas del colegio. De todos modos, no tenía sentido tener una conversación privada. Éramos solo siete u ocho, no estoy segura, las otras responsables de las niñas eran las nanas, sentadas en los rincones del jardín. Ahí me quedé, tomándome una cerveza y escuchando la conversación. Una de ellas, con ojeras hasta los tobillos, dijo que desde el nacimiento de su hijo no sabía lo que era el sexo. Peor: no quería saberlo. Otra, con falda corta, dijo que para ella era lo contrario, tenía más sexo que nunca, aunque no había especificado con quién. La segunda era la madre de la amiga de mi hija. La conocía de lejos, de verla en el barrio, antes de que nacieran las niñas. Me di cuenta de que, al volverse madre, Renata sí que había cambiado: estaba mucho más sensual, como si marcara territorio con la minifalda, el pequeño trapo temblando, indicando que su cuerpo seguía siendo la patria que siempre fue, no una tierra arrasada por la maternidad. Tener un hijo era una paliza tan fuerte que lanzaba a cada una a la esquina del ring, con estrellas volando en torno a la cabeza. Las madres se resbalaban en extremos, sin saber quiénes eran. O se anulaban sexualmente o su deseo se recrudecía. O se sumergían en el trabajo o no sabían qué más hacer con la vida, abandonaban la carrera para buscar otros negocios o vivir crisis existenciales que podían durar años. Tan inseguras en su tarea materna que debían implosionar a sus semejantes. Eso es lo que veía en ese instante, todas practicando un ejercicio tan común entre nosotras, comentar operaciones dudosas o lamentables de otras madres. Fulana puso al hijo a dormir con ellos en la cama. Mengana le daba a la niña todo lo que pedía. Zutana dejó al bebé veinte días con la abuela. No es normal que la gente cuestione tanto el comportamiento de los otros, no por motivos tan irrelevantes. Al descalificar a la otra, atenuamos nuestra sensación constante de ser pésimas madres. Yo no era la excepción a la regla, tenía las debilidades de todas y además un dedo compulsivo, que no dejaba de revisar mis mensajes. Las marcas que indicaban que Yara lo había leído. ¿Cómo, leyó los mensajes? Antes no aparecían como leídos, lo cual me tranquilizaba un poco, podría haber perdido el móvil. Pero en ese momento lo supe: no quería hablar conmigo. Intenté volver a la conversación, pero ya no estaba allí. Le pedí disculpas a la pelirroja, pero tenía que irme antes de cantar el cumpleaños. Ella susurró que la madre de la cumpleañera era otra, me la señaló. Cinco minutos después salía de la fiesta con Cora pataleando, gritando que no quería irse antes de partir la tarta, y yo atascaba su altavoz a base de *brigadeiros*. Arrancamos camino a casa. Con Cora despierta no había mucho que hacer. Pero, de repente, silencio. Cora se agotó tanto que cayó dormida. Pensé: ¿por qué no voy? Mi hija estaba tan cansada que no se despertaría de manera alguna. Metí mi orgullo en algún lugar entre el freno de mano y el asiento, y aceleré hacia la casa de Yara.

Toqué rápidamente el timbre y mi mano volvió a agarrar a Cora. Vi su rostro mirándome detrás de la ventana. Le sonreí, ella me sonrío de una manera extraña. Salió de la casa, caminó indecisa hasta la verja, me saludó con un beso demasiado seco para el promedio. ¿Y Cora?, dijo, y apartó el cabello de la cara de la niña, mirándola con ternura. Luego volvió a tensionarse. ¿Ha pasado algo para que vinieras? Me preocupé porque no respondías mis mensajes, contesté. Y fui caminando en dirección a la puerta, apresurada por el peso de mi hija.

Entramos. No solté a Cora por miedo a que se rompiera. En la sala había una mujer bien tranquila, con ropa de estar en casa y pies descalzos. Ella es Violeta, la presentó Yara. La mujer se levantó, me sonrío. Acomodé a Cora en el sofá. Luego besé en la mejilla a la recién conocida, olía a champú. Me senté con ambas en la sala y solo entonces pude absorber su figura. Tenía cerca de setenta años, cabello blanco y bien cortado. No era exactamente bonita, pero era muy elegante, una elegancia que no sé de dónde venía, porque no usaba accesorios ni tenía maquillaje. Era algo de su ser, de la manera en la que sostenía la taza, en la que sonreía. ¿Y por qué sonreía tanto? Yara me contó que eran viejas conocidas, de Corumbá. Violeta se hospedó en su casa porque vino a São Paulo para lanzar un libro. Ella es poeta, esa fue la palabra, «poeta», que hizo a Violeta sonreír de nuevo, claramente feliz de ser ella misma. Respiré profundo, no tenía por qué incomodarme. Me había dado la explicación, eran viejas amigas, ¿quién sabe si no había sido novia del padre de Yara? Todo bien, había mensajes no contestados, eso aún no me lo había explicado, tal vez no había tenido la oportunidad. Mejor dicho, nada de qué preocuparme. Hasta acepté una copa de vino. Comencé a beber en un estado agradable de relajación, mientras oía a Yara contarme que la grabación en Espírito Santo había sido extraordinaria. Tal vez sería el mejor episodio de la serie. Después de resolver una duda sobre el material, comencé a hablar con Violeta. Creo que le pregunté dónde sería el lanzamiento, porque ella habló de una librería pequeña, dijo que casi nadie lee poesía. Luego me contó que una vez, en una de sus presentaciones, solo apareció una persona. Ella le autografió el libro al sujeto, se tomó una foto, conversaron. Luego descubrió que era el responsable del inventario en la librería. Conmovido por la situación, se llevó un libro a precio de costo y fue a apoyarla en el evento. Pero eso fue al comienzo de su carrera, antes de que se ganara el Jabuti, dijo Yara, y noté una pizca de orgullo por la otra. Fue antes del premio, sí, asintió Violeta con modestia, bajando la mirada hacia el vino. Enseguida me invitó al lanzamiento y me sirvió más vino, comentado que no había catado casi nada. Ya había oído «catar» en la boca de Yara. ¿Era de Violeta que venía ese vocabulario demasiado elaborado para una extranjera, e incluso para una brasilera?

Aproveché la oportunidad cuando Yara fue al baño. Le mentí a Violeta, dije que también tenía que ir, que usaría el baño de arriba.

Creo que ni me escuchó, parecía tener un oído refractario para todas las cosas que pesaran menos de doscientos gramos. Subí la escalera y entré a la habitación. Entré a la cama desarreglada con dos almohadas. Junto al colchón, un libro de poesía, un frasco de vitaminas, gafas para leer. En el baño vi un segundo cepillo de dientes y unos pantis demasiado grandes para ser de Yara colgados en la ducha. Me vi en el espejo, vi mis ojos lagrimear. Respiré, me arreglé el cabello. Bajé la escalera sonriendo, fingiendo que todo estaba bien. Sin notarlo, comencé a usar mi sarcasmo para atacarlas a ambas. Y para ese tipo de cosas Violeta tenía oídos atentos. Después del segundo o tercer dardo verbal lanzado, dijo que iba a la tienda de la esquina a comprar cigarrillos.

Tan pronto sonó el portazo, le pregunté a Yara si se estaba comiendo a Violeta. Dijo que no, fueron pareja hace muchos años, cuando ella vivía en Corumbá, y desde entonces no tenían nada. Eran amigas. Tan amigas que Violeta había tenido la gentileza de dejarnos a solas, diciendo que iba a comprar cigarrillos, cuando ni siquiera fumaba. Le dije que, si era verdad, ¿por qué me estaba evitando? Dijo que sabía que yo no lo tomaría bien. Y tampoco podía negarle vivienda a la amiga. Tan pronto Violeta se fuera, me iba a buscar. Dicho esto, llenó nuestras copas, se acercó a mí. Pero ¿cuál es el problema si algún día follo con otra persona? No supe reaccionar. Tardé unos segundos en responder: ¿cómo que cuál es el problema? Dijiste que me amabas. Claro que te amo, quiero estar contigo, pero no soy tan inocente como para pensar que nunca más follaremos con otra persona. Qué golpe. Qué mano para desnudar sin piedad la fisiología frágil de la relación monogámica. Qué le iba a decir, ¿que al menos al comienzo quería creer que entrelazaríamos hímenes por siempre? Pude haber dicho eso, tal vez, pero en ese instante la puerta rechinó y Violeta apareció. Sin cigarrillos, comiendo un *pão de queijo*. La luna está embarazada, dijo, y me hizo pensar cómo Yara había aguantado esa fábrica de supositorios poéticos en el día a día. No debía entender tan bien el portugués. O en ese momento necesitaba una madre, quién sabe. La verdad es que, ignorando esa cuestión, Violeta se mostró como una persona razonable. Hasta interesante, tal vez. Nos hizo ir al jardín para ver la luna, lo que fue una buena idea. Luego habló de los astros, de un descubrimiento reciente que ponía en jaque la disposición astronómica que había dado origen a los signos astrológicos. Hablamos un poco acerca del asunto, nos reímos pensando en la crisis de identidad astral, en cómo haría un acuariano acérrimo para justificar que ahora era Piscis.

Luego volvimos a la sala, Yara quería fumar un poco. Las dos se sentaron lado a lado en el sofá y comenzaron a preparar el porro como si estuvieran en una línea de ensamblado. Una trituraba, otra confeccionaba el filtro. Una enrollaba, la otra taqueaba. Como si no fuera suficiente su sintonía con relación a la hierba, recordaron a un amigo del padre de Yara, un tal Roundup, un tipo tan desagradable que lo apodaron como un pesticida, y recordaron cierto escándalo que causó, lo que provocó un ataque de risa. Tan fuerte que lloraron, que pusieron la mano en la pierna de la otra. Y todo eso sin haber encendido el porro. Podía ser verdad que las dos ya no tuvieran nada, pero ver esa sintonía envidiable, ya entrada la noche, sería terrible. Pensé que era mejor ahorrármelo. Les dije que tenía que irme. Yara me pidió que esperara, al menos para fumar con ellas. Le dije que estaba conduciendo, y estaba con Cora. No era una buena idea estar borracha y drogada. Les di un beso en la mejilla a ambas, tomé a mi hija y salí de la casa.

Yara me acompañó, me ayudó a acomodar a Cora en el coche. Me dijo que fuera al lanzamiento. Habría gente genial, amigas de ella y de Violeta de Mato Grosso do Sul, que ahora vivían en São Paulo. No dije nada, solo me despedí y arranqué. Luego, como toda persona atormentada por la pasión y, por lo tanto, por el pensamiento cíclico, comencé a pensar que le había prestado mucha atención, que no le había prestado la suficiente, que le había prestado mucha atención, que no le había prestado la suficiente, que le había prestado mucha atención... Y así, sin parar, hasta aferrarme a la opción de que me disculparía para hablar con ella. Llegué a casa y le quité a mi hija la ropa en la cama. Luego fui a la sala y, mientras veía los azulejos manchados de sangre, mandé un mensaje de voz: me fui con prisa y se me olvidó decirte que te amo. En ese momento exacto entró Cacá, la corbata suelta, cargando un cactus y una suculenta.

21

Ahora sí, la bañera está lista. Pruebo la temperatura del agua, más bien tibia, como le gusta a Picochuca. Ven, le digo, y comienzo a quitarle la ropita. Tan pronto coloco su cuerpo en el agua, comienza a llorar. Me duele, Maju. Me imagino que el dolor es en los talones, veo la piel roja bajo el agua, ella dando saltitos, intentando quitar los pies de ahí, como si la bañera aún estuviera en llamas. Sé que duele, pero va a pasar, le digo. Intenta salir del baño, pero pienso en el día que tuvimos, en la cantidad de gérmenes empegotados en la niña, y le agarro los bracitos. De inmediato sé que no debí haber obligado a Picochuca. No ahora, no en este lugar. Ella se enfada y comienza a llorar más fuerte. Dice: quiero a mi mamá. Es la primera vez que lo dice desde que nos fuimos, me entristece y me preocupa, qué pasa si alguien escucha. Digo: calma, Ana. No soy Ana, soy Cora y quiero a mi mamá, grita ahora con la fuerza que solo nace de la rabia, y con esa misma fuerza sale de la bañera. Agarro la toalla para envolver su cuerpecito, no puede quedarse en cueros con ese frío, pero no quiere saber de mí, parece poseída, corre en dirección a la cama y ahora soy yo la que grita: para, Cora, no te acuestes con el bollete al aire en ese colchón inmundo. No me presta atención. Corro tras ella, quito rápido el satén antes de que ella se acueste y, cuando lo hago, el bolso que estaba sobre la cama sale volando y se golpea contra la pared.

Mi bolso estaba abierto. Lo escucho. Antes de voltear, sé que la Virgencita Negra se quebró. Conozco el ruido de cuando el barro seco se hace pedazos, como cuando se hacían pedazos los vasos en la granja. Solo puede ser la Virgencita Negra. Me acerco, las cosas desparramadas en el suelo, las joyas falsas volaron lejos, hay una debajo de mi pie. Y cerca, un pedazo del manto. Le digo a Picochuca que salga de ahí, hay vidrios en el tapete, te vas a cortar el pie. Ella se sube a la cama, llora. Me agacho, deseo que el resto esté entero, Virgencita, ayúdame, que no haya roto a la Virgencita, pero apenas levanto el bolso por el asa, veo debajo y detrás los pedazos, la cabeza a un lado, el manto a otro, los pies no sé dónde. Recojo el rostro de la Virgencita Negra, lo agarro entre los dedos. ¿Será una señal? Comienzo a pensar en todo lo que ha ocurrido. Cora tiene a Bibi desde los dos años y nunca había perdido a la oveja. Yo nunca había perdido a un santo en mi vida, vine de Mandaguaçu con una estampita de Expedito doblada en el sujetador, aún ando con él en la billetera, pero hoy extravié la figura de la Virgencita Negra y luego la he roto. Aun así, no lo escuché. Mi Virgencita tuvo que crear toda esta escena, tuvo que crear el escándalo de Cora, que parecía poseída por otra fuerza, para llamar mi atención. ¿Qué quieres decirme?, pregunto, mirando al ojo que quedó. ¿Estás conmigo? No hay respuesta. No es que espere un milagro, que la Virgen aparezca en un motel o hable por la boquita de arcilla, sino que aparezca en mi cabeza, como ya lo ha hecho tantas veces, cuando siento el soplo de la Virgencita Negra en mis pensamientos. Pero nada, mi cabezota está en blanco. Señor mío, ¿estás conmigo?, digo, y miro hacia arriba, y veo una imagen extraña. Ni Jesús, ni la Virgencita Negra, ni el techo, ni el cielo. Me veo a mí, a la Virgencita despedazada y a Cora en el espejo. Y al vernos, sé que la Virgencita y Jesucristo están hablándome, porque perder el autobús fue una señal, perder al peluche y a la Virgencita fue una señal, ver al perro del maligno en la calle fue una señal, la figura rota fue una señal y el espejo también lo es. Una forma de levantarme la cabeza y abrir los ojos a lo que estoy haciendo, de rodillas en esta alfombra inmunda, recolectando pedazos de santa, con una hija que no es mía y que llora en cueros en una cama de motel.

Veo el reflejo de esa imagen toda equivocada, siento mi corazón latir. Un galope que se acelera mientras más pienso las cosas. Es una sensación extraña, intento calmarme, pero mi pecho no se detiene. Es como si tuviera vida propia. Me preocupa, nunca antes he sentido algo así, ¿me irá a dar un patatús? Solo con pensarlo mi corazón se dispara, mi cuerpo pierde el control. Ya no logro pensar en línea recta. La verdad es que no logro pensar, solo sentir, me sudan las manos, me hormiguean los dedos, una onda de calor me sube del pecho a la cabeza y se lleva el aire. ¿Me estará dando un infarto? Tuve un patrón que murió de un infarto. ¿Quién va a cuidar a la niña? Pensar en eso me deja aún peor. Mi corazón late tanto tanto tanto tanto que parece que es todo mi cuerpo. Ya no tengo dudas, voy a morir. Comienzo a rezar. Sujeto con fuerza la cabeza de la Virgencita Negra, mis ojos cerrados, no me dejes ir, Virgencita, ahora no. Y, creyendo que me escucha, que mi fe me puede salvar, siento mi corazón desacelerarse un poco. Aún corre, pero parece que menos, seguro que menos, el aire vuelve, vuelve.

Abro los ojos lentamente. ¿Es la vida? Gracias a Dios, es la vida, toda torcida, pero la vida. Cora me mira, asustada, mi dedo sangra de tanto apretar la coronilla afilada de la Virgencita Negra. Solo ahora veo que he estado todo este tiempo de rodillas. Suelto el cuerpo, me desmorono en el suelo. Rompo a llorar de alivio. Cora se acerca a mí. Me da un abrazo y dice: no llores. Puedes decirme Ana si quieres, no me enfado.

Siento a Picochuca en mis piernas, qué bueno es, después de todo lo que pasó, sentir el olor de la cabeza de un niño, el olor de la cabeza de esta niña. Mis lágrimas siguen cayendo, parece que vienen a limpiar mi ventana, ahora puedo sentir hasta la respiración de la Virgencita Negra, una claridad que yo sola no tengo. Siento el tamaño de la intervención divina que me acaba de ocurrir. Después de mandarme todas esas señales y obligarme a ver desde lo alto lo que hacía, la Providencia me envío un gran mensaje. Porque, claro, no es normal que una persona tenga una crisis del corazón que no termina en nada. ¿Dónde se ha visto sentir todo eso, ir tan cerca de la muerte y luego ser devuelta? Eso fue Dios, interfiriendo para que yo sepa lo que va a pasar si muero. En especial después de hacer los papeles. No tengo familia, no tengo el vigor para darle un padrastro a Cora, no tengo más óvulos para darle un hermano. Si estiro la pata, ella terminará en un orfanato o acabará siendo una sinvergüenza o la empleada de alguien. Será una mujer en un cuartucho. Un gusano de seda que puede secarse dentro de la crisálida y nadie se da cuenta. Es lo que quieres para la niña, que ella sea como... pienso, y miro hacia arriba, hacia mi cabello revuelto atizado por el sudor. Si tan solo Cora fuera un bebé que tomé de la calle, como el bebé de Neide, pero no, ella tiene familia, gente que le dará todo lo que yo no puedo. ¿Por qué no pensaste en eso antes, pueblerina de Dios? Porque todo pasó muy rápido, respondo en voz alta, y comienzo a llorar de nuevo. Cora me limpia el rostro. No hagas eso, Maju. Tienes cuarenta y cuatro años, pareces una adolescente, dice, usando la frase que dice su prima para hablar del hermano. Pienso en sus parientes, en el árbol que estoy cortando de un machetazo, y eso solo me confirma lo que debo hacer. Me levanto, le digo que ya no debe bañarse. Voy al lavamanos, mojo la toalla de la Panoja. La paso por el cuerpo de Cora. Le pongo la ropa y, para darle una sensación de limpieza, le peino bien el cabello. Luego bajo la luz del cuarto, la acomodo en la cama, una almohada debajo de la cabeza, el peluche en sus brazos. Ella me pide que la acaricie, todas las noches me lo pide. Debía estar cansada, porque apenas le toco el cabello se duerme. Es mejor así, pienso. No quiero que me vea así de desesperada. Lo que pasó fue malo, pero hay mucho más por venir. He entendido lo que debo hacer, pero ¿cómo? Pido otra iluminación, nada ocurre, solo oigo bajito la televisión. Me doy cuenta de que la Providencia ya ha hecho su parte, salvar a la niña, ahora poco importa lo que ocurra conmigo. Camino por la habitación, busco una ventana. Cuando tenía algún problema en la cabeza, me gustaba apoyarme en la abertura de mi cuarto, pero aquí no hay ni un hueco, nunca había visto algo así. Me detengo para mirar el móvil. Son las diez y media de la noche, la pantalla tiene avisos de mensaje, llamadas perdidas. Decido no leer ni oír nada, me da miedo que el aparato me ubique, que diga dónde estoy.

Le tengo rabia a doña Fernanda, si no fuera por ella nada de esto habría ocurrido, yo estaría ahora en mi habitación leyendo el libro de Nora, Picochuca dormiría tranquila con Bibi en su cuarto. Es verdad, no debí haber escuchado esa conversación, pero ¿quién se resiste a una puerta entrecerrada? Estaba saliendo del cuarto de Cora cuando escuché mi nombre, venía de la habitación principal. Fui al armario del pasillo e hice como si arreglara las sábanas, mientras oía la conversación entre el señor Cacá y doña Fernanda. Sabía que ella estaba molesta conmigo. El día anterior Cora había tenido una fiesta de cumpleaños después del colegio y yo dije que no podía acompañarla, era mi día de visita conyugal. Lauro ya me había abandonado, no iba a hacer el amor fértil con nadie, pero había programado mis pies y manos con una manicurista que iba a mi casa, que venía de lejos, no iba a dejar a la pobre con la puerta en la cara. Y ni hablar de perder los treinta y cinco reales. Val cobraba poco, pero si cancelaba con tan poca antelación tenía que pagarle. Fui firme, entonces, si no duermo en casa hoy, mi marido me mata. Doña Fernanda se puso la mano en la cintura. Tengo que acompañar una grabación, ¿cómo lo hago? Me quedé quieta, la otra empleada, que podía arreglar ese lío, se había ido, y el señor Cacá había ido a entregar unos terrarios en una fiesta de matrimonio, no sabía qué sugerirle. Recuerdo que en ese instante ella miró el móvil y suspiró, se le llenaron los ojos de lágrimas. Me pareció extraño, doña Fernanda siempre era tan fuerte, nunca la había visto así de afectada por el trabajo. Pero no quise saber cuál era el problema, agarré mi bolso y me marché antes de que ella decidiera amarrarme a la Suite Tokio.

Al día siguiente, por la mañana, la conversación en el cuarto de ellos. Debí haber desconfiado, debí pensar que ocurría algo malo porque mi patrona estaba alterada, la grabación debió haber sido pésima, parecía que la hubieran atropellado mientras dormía, los ojos hinchados, la bata toda retorcida, un seno casi saltando hacia fuera. Tampoco me dio los buenos días, me tenía rabia. En el corredor la oí decir que me iba a echar. El señor Cacá le dijo que se calmara, yo no había hecho nada malo, fue ella misma la que se inventó todo ese asunto de la visita conyugal. La señora Fernanda dijo que era verdad, ella lo había inventado, pero no había salido bien, necesitaba a alguien con quien pudiera contar todos los días. El señor Cacá sugirió que hablara conmigo, tal vez yo estaría dispuesta a hacerlo. Creo que en ese momento la señora Fernanda se fue al cuarto de baño, porque no oí lo que decía, solo escuché al señor Cacá pidiéndole que pensara con la cabeza fría antes de tomar la decisión. No era nada seguro, pero entré en pánico. Metí las sábanas de cualquier manera en el armario y me fui a mi cuarto. Pensé en mi sueldo, es lo que una piensa. Pero no era la primera vez que me despedían, las cosas se arreglan. El problema era Cora, ¿nunca más vería a mi Picochuca? Ya había pasado por eso con otro niño, Totô, de doña Natália. Ella me echó porque se separó y se quedó en la calle de la amargura, no tenía dinero ni para comprar papel higiénico, ni pensar en pagarle a una nana. Yo estaba loca por Totô, Totô estaba loco por mí. Acordamos que yo volvería para visitar al niño. La primera vez el pequeño se colgó de mi cuello, y doña Natália me atendió. Seis meses después aparecí con un regalo, era el tercer cumpleaños de Totô. No me reconoció. Tomó el helicóptero que le di y se fue corriendo al cuarto, con Natália incómoda por mi presencia, apresurada por hacer cualquier otra cosa. Me tomé el agua y me fui, el malcriadito ni siquiera quiso despedirse. Que no viniera doña Fernanda con el cuento de que la casa siempre estará abierta para usted, eso no es cierto, que fuera a buscarse otra boba a la vuelta de la esquina que la creyera. ¿Y qué es una visita cuando se quiere estar todo el tiempo con alguien? Yo le había cogido cariño a Cora de una manera que nunca me había pasado con otros niños. Ese día fui a la ventana de mi cuarto y miré afuera. Pensé que ese amor prohibido de bebé y nana también era culpa de doña Fernanda. Ella había dejado a su hija en un rincón de la vida, y ahí en el rincón estaba yo.

22

No fue muy difícil decidir. Era mejor no ir. Me quedaría a un lado, un satélite en torno a los habitantes de Mato Grosso que se conocían hace años. Y lamiéndole los ovarios a la poeta. Linda portada, lindos versos, ¿me da un autógrafo? Y para qué toda esa incomodidad, ¿solo para mear mi territorio, cosa que era inútil con Yara, y aumentar el álbum de imágenes de flirteo que ahora me incomodaba tanto? Valía más la pena quedarme en casa con dos rodajas de pepino en los pezones y entrar en acción cuando Violeta se fuera.

Otra ventaja de no ir era prescindir de Maju. Estaba molesta porque me había dejado colgada, ni siquiera podía verla. Le dije que podía irse, me tomaría la tarde y la noche para hacer algo con mi marido y mi hija. Dicho esto, comenzamos nuestro plan: ir al centro comercial. No sé qué hizo la humanidad para terminar de esa manera. Después de pasar por tantas guerras, de sobrevivir a tantas epidemias, de inventar la penicilina y el avión, llegamos a la cúspide de la civilización al caminar por pasillos estrechos y luchar a codazos para ver ropa en liquidación. No era lo que yo quería hacer sino lo que Cora quería, y los sábados por la tarde el voto de una niña vale más que el de un adulto. Cacá, además, también quería ir, tenía que comprar no sé qué. O esa fue, simplemente, la excusa que se inventó para hacer el plan más cercano, con más aire acondicionado y con estacionamiento.

Tan pronto llegamos vimos un perro. Un doguillo con ropa extraña —el solo hecho de que use ropa es extraño para mí, pero este iba más allá—, una falda de boleros rojos y dorados. Cora adora los perros y se agachó para acariciar al guau-guau. La dueña, orgullosa, dijo: hoy va de rumbera, explicando que su mascota participaría en un concurso de disfraces en la entrada del centro comercial. Cora soltó un grito de felicidad. Miré a Cacá y, a través de la telepatía desarrollada por la convivencia, supimos que el concurso sería un robo, pero no podíamos negarle ese placer a nuestra hija.

En la entrada, descubrí que los que creían que el concurso era interesante no eran únicamente mi hija y otra media docena de personas: las sillas en torno al escenario ya estaban casi todas ocupadas, tardamos un poco en encontrar tres asientos vacíos. Justo frente a nosotros estaba una amiga de Cora. Las dos se sentaron juntas. Cacá, la madre de la niña y yo nos quedamos en la fila de atrás. Qué suerte que ella se hubiera sentado al lado de mi marido, porque además de no tener cabeza para una conversación, tenía aún menos cabeza para entablarla con ella. Era una madre holística, de esas que hornean su propio pan, que exprimen frutas para hacer zumo orgánico, que montan juguetes con madera reforestada y, sin quererlo, instauran un patrón de exigencia tan alto para la maternidad que generan un retroceso.

Para lograr ser tan perfecta, solo se debe renunciar a la vida profesional y volver a casa, amarrarse voluntariamente al pie del fogón. Me vibró el teléfono mientras ella contaba que intentaba hacer terrarios junto a su hija en casa. ¿Vamos al lanzamiento? Ya nos estamos arreglando, saldremos dentro de poco. Me gustó que Yara me escribiera, pero el decir que estaban arreglándose puso en funcionamiento la sala de edición en mi cabeza.

ESCENA 1 – CUARTO DE YARA – DÍA
Yara tiene las tetas fuera, se pone el pantalón para salir. Violeta se acerca con un porro en las últimas. Lo pone en la boca de Yara. Mientas ella le da una calada, sus cuerpos se rozan, los pezones de Yara se endurecen.

ESCENA 2 – CUARTO DE YARA – DÍA
Violeta se pone un vestido. Le pide a Yara que le cierre la cremallera en la espalda. Yara se acerca, mira la abertura del vestido, que deja ver la columna y el comienzo del culo. Yara se arrodilla y tira el vestido para abajo.

Cuando volví en mí, la madre holística hablaba de fermentación natural. Yo también fermentaba, no solo celos sino también calentura. Imaginarlas a las dos me mojó, y no sé por qué estar mojada a las seis de la tarde en un centro comercial parecía un crimen. Quedé tan desconcertada con mi cuerpo y mi incapacidad de conversar que decidí ir al baño y distraerme. Pero no tener a Cacá y a la madre holística para traerme a la realidad fue peor. Seguía pensando en Yara y en Violeta mientras entraba al cubículo e intentaba orinar un poco. Ahí se me ocurrió que, si el botón quedaba en medio de mis piernas, presionarlo tal vez podría desactivarme. La única vez que me había masturbado en un lugar público fue en el baño de un avión, en un vuelo a Tokio, cuando no sabía qué más hacer con las manos. Me levanté y me recosté contra la pared del cubículo. Debía haber cola, porque en cierto momento alguien se molestó con mi demora y preguntó: ¿está todo bien? Recuerdo que pensé: la puta que la parió, ni siquiera puedo masturbarme en paz en el baño de un centro comercial, y dije que sí, todo estaba estupendo. Luego seguí tocándome hasta correrme al son de descargas y grifos. Salí del baño como si nada, volví al escenario. El concurso había comenzado, la presentadora agradecía a los patrocinadores y explicaba los criterios para la concesión de premios. Me senté, aliviada por el orgasmo, pero también embriagada por la incompletitud que viene después. No creo que estemos incompletos, somos enteros aunque precarios, pero la melancolía postorgásmica de la disolución existe, no tengo dudas, porque era lo que sentía después de haberme disuelto en y haberme follado, al menos mentalmente, a Yara. Tal vez esa ligera tristeza también estuviera agravada por la conclusión, cada vez más concreta, de que yo nunca tendría a esa mujer. De que ella huiría de mí en sus viajes, amores paralelos, aventuras que nunca abandonaría. Y era exactamente eso, su naturaleza libre, lo que me ponía tanto. Lo que me amarraba a ella, paradójicamente. ¿Y yo quién era? En ese momento, una mujer que veía un concurso de disfraces de perros.

El primer candidato en entrar a la pasarela fue un chucho de tamaño mediano con un sombrero de vaquero y una pistolera amarrada a la barriga, llevado por un adolescente. El público aplaudió, Cora hasta gritó; disfruté al verla feliz. Enseguida apareció un candidato minúsculo, tal vez recién nacido, vestido con una camiseta de Superman y cubierto por una capa roja. El héroe se asustó por el público, se atascó a la entrada del escenario, su dueña tiró inútilmente de la correa. Tuvo que agarrar al perrito en brazos y aun así, y tal vez por eso, ganó una ronda de aplausos. Luego fue el turno de un perro vestido de astronauta, acompañado por un chico vestido de astronauta. Fueron ovacionados por la perfección de los trajes; ambos llevaban trajes, escafandras y adhesivos de la NASA. A continuación, un perro con sombrero y nariz de payaso, y tras él, nuestra conocida rumbera. Y, después, un chucho pequeño, huraño, con una peluca de tupé negro y un blazer blanco con piedras coloridas incrustadas. No sé exactamente por qué, pero ese perro vestido de Elvis me hizo llorar. Un llanto provocado por la tristeza subliminal que tenía ese concurso, aunque también lleno de otras cosas, como siempre es el llanto, una corriente que se lleva todo al tiempo.

No logré contenerme, o tal vez no quise. Dejé que las lágrimas se escurrieran por el borde de mi rostro, Cora estaba demasiado distraída para verlas, pero Cacá se dio cuenta, y me miró con lástima. Para mi sorpresa, dijo: ya pasará, y puso su brazo alrededor de mis hombros. En ese instante tuve la sensación de que él sabía lo de Yara, de que me había escuchado decir «te amo» en el móvil, de que había leído las muchas señales que había dejado entrever. Y, aunque desconfiaba, tuve la inteligencia de no dejarme arrinconar, ¿qué sentido tendría? Sentí amor por mi marido, un amor que no sentía hace tiempo. Me abracé contra él y lamenté los mecanismos del matrimonio, las dinámicas que inducen pero a la vez desgastan el amor. ¿O era solo el tiempo, la erosión inevitable del tiempo? No tenía la menor idea, porque, aunque hiciera documentales o terapias o pensara sobre el amor, nunca había estado tan cerca de diseccionarlo. Para mí, lo que generaba y regía el amor era algo inexplicable, como la coordinación de las aves al volar en formación, creando figuras. Ahí seguían todos los elementos que algún día me atrajeron de Cacá: su buen humor, su compañerismo, su capacidad de hablar sobre cualquier cosa, pero esos atributos ya no volaban en armonía, no hacían ninguna figura. No me decían nada. Y qué lástima que no lo hicieran, porque para mí sería más fácil seguir amando al padre de mi hija que amar a otra persona. Pero yo quería a Yara, y fue en ella en quien pensé cuando vi a alguien intentando poner un trofeo en la pata de un astronauta que vino del lobo.

23

Decido arreglarme para salir. Soy caprichosa, nunca salgo de cualquier manera, y ahora es aún más importante que parezca una mujer decente, no una loca que salió cargando a la hija de otros. Paro frente al espejo del baño, me mojo las manos, me aliso el cresperío. Es como si el cabello sintiera cuando estamos nerviosos, tal vez es la humedad de las lágrimas, esos hilos todos eléctricos en la parte superior de la cabeza. Lo aliso todo, me lo recojo en un moño. No tengo maquillaje, pero me paso agua por la cara, me peino las cejas.

Luego junto mis pocas pertenencias, las cosas que tomé por ahí, las bolsitas de kétchup, el sacacorchos, el bolígrafo, los productos de Fruto Prohibido que salieron volando del bolso. Y los pedazos de la Virgencita Negra, ¿qué haré con eso? Dejarlo tirado en el suelo es un desprecio, no es bueno burlarse de una

Virgen. Reúno los pedazos para tirarlos a la basura, pero siento que es aún peor. Si abandonarla es un desprecio, ponerla en la basura es una ofensa. Si pudiera la enterraría, del barro viene y al barro volverá, una cruz de palillos sobre la tierra, una oración de despedida y después cubrirlo todo con un materío. Sería un final bonito, pero no tengo tiempo ni tierra para eso. Casi nunca tenemos tierra para nada, siempre estamos lejos de donde nuestros pies nunca debieron haber salido, seguro que por eso sufrimos tanto. Dime, Virgencita Negra, ¿qué hago contigo? Si dejo los pedazos en la mesita de noche, alguien puede encontrarlos y pegarlos. El pobre es tan bueno resucitando cosas. Pero también puede tirarla a la basura. Tal vez la mejor solución sea dejarlo todo bajo la cama, apuesto que una mucama de motel no se toma el trabajo de limpiar ahí abajo, pasar la escoba y la aspiradora como se hace en una casa de familia. La Virgencita Negra se quedará una eternidad debajo de la cama, y luego comienzo a imaginar la cantidad de cosas que esos oídos santos van a presenciar. Tal vez eso sea el infierno, morir y quedarse para siempre debajo de una cama donde nadie nunca duerme.

Y, como no sé dónde meter a la Virgencita Negra, decido llevármela. No cabe bien en el bolso. La envuelvo con la bolsa de plástico donde venían las toallas, le hago un buen nudito a la punta. Le echo una mirada al cuarto, a ver si se me olvidó algo. Luego me coloco el bolso bajo el brazo, alzo a Cora en brazos, la bolsa de plástico en mi mano. Apenas logro abrir la puerta con tantas cosas, ni pensar en cerrarla, que la mucama lo arregle después. Camino rápido, el peso de la niña aumenta con el pasar de los minutos, sé que en algún momento me cansaré.

Cuando llego a la salida del motel hay un vehículo en la ventanilla, me obliga a detenerme, bajo la cabeza por las cámaras. Luego el coche arranca, y yo avanzo. El chico de la ventanilla parece haber visto una aparición, ¿usted estaba en el motel? Le digo que estaba en la suite Orquídea y apoyo a Cora en la barrita para sacar el dinero. Tengo miedo de que me descubran si uso la tarjeta. Él calcula, comida, bebidas, me entrega el total a través de la ventanilla, me mira aún sorprendido. Le doy el dinero y pregunto si puede llamar un taxi. Él dice que sí y descuelga el teléfono. Me sigue mirando mientras marca los números. De repente siento miedo de que esté llamando a la policía. Hola, las dos fugitivas están aquí conmigo, puede enviar la patrulla. Golpeo discretamente la madera del mostrador, el empleado lo ve. Y mis golpes deben funcionar, porque nadie contesta. Y si nadie contesta, en realidad debe estar pidiendo el taxi. A esta hora es difícil, dice. A toda hora es difícil, refunfuño, irritada. Mi plan era ir a una estación de buses y, dependiendo del precio, tal vez tomar un taxi hasta mi destino. Pero a veces uno tiene un plan y Dios tiene otro. En mi caso, Dios siempre tiene otro. Pregunto dónde hay una parada de autobús y salgo caminando del motel.

Camino unos quinientos, ochocientos metros. Tal vez eso no sea mucho para quien tiene los brazos libres, pero cargo una niña que se volvió un saco de cemento, siento el sudor bajándome por la frente. Llego a la parada con la sensación de que no puedo dar ni un paso más. Siento a Cora en el banco y me quito la chaqueta, le cubro el cuerpecito. Me fijo que uno de sus zapatos, el que le había pisoteado, se le ha caído del pie. Solo faltaba eso, ¿cómo voy a encontrar un zapato a estas horas? Miro alrededor, la noche está clara por la luna, tal vez pueda verlo. Agarro mi Virgencita Negra y ando a un lado, al otro, uso la linterna del móvil, veo hasta estiércol de caballo, pero no el zapato. Ha debido caerse más lejos, incluso pienso continuar, pero no puedo dejar sola a la niña, ni correr el riesgo de no tomar el bus. Vuelvo al banco, imaginando el zapatito caído en un rincón, otro zapato caído en un rincón. Es lo que la gente más pierde, lo que tiene en los pies. Lo sé porque mi timidez me hace mirar el suelo todo el tiempo y he visto de todo perdido por ahí, sombreros, gafas, llaves, hebillas, documentos, blísteres de medicina. He visto hasta un cuchillo y un naipe, pero nada supera el número de zapatos. En todo rincón hay un pie perdido, un pie solitario. Y yo siempre pensé en el estado de la persona que deja el zapato, porque una puede dejar todo en esta vida, un marido, una casa, una ciudad, todo un pasado, pero no eso que te lleva hacia delante. Quien deja un zapato no tiene esperanzas de nada. Aún no he llegado al punto de abandonar mi sandalia. Si Dios quiere, dentro de poco pasará un bus que me lleve a alguna ciudad donde pueda tomar un transporte. Lo duro es aguantar este frío. Me froto los brazos. Luego arreglo mejor a Cora, intento envolverla con mi chaqueta como si fuera un saco de dormir, pero no lo logro porque me desconcentro. Es el señor Cacá, llamándome nuevamente. El ruido de la llamada me da en los nervios. Meto el aparato en el bolso y vuelvo la mirada a la carretera.

24

Cerca de medianoche, el teléfono suena. Es mi hermana, llama desde la finca. No sé por qué, pero siento que algo va mal. Tal vez por la manera demorada en la que dice mi nombre. Dice que Cora no está allí. ¿Y mi madre no sabe nada? Mi hermana dice que no. Que están preocupadas. Que van a hacer algo de comida, descansar un poco y tomar la carretera para São Paulo. Cuelgo, se lo cuento a Cacá. Él coge el móvil y la billetera, dice: vamos a la comisaría. Ni siquiera me cambio. Salgo con pantalón de chándal y pantuflas, solo llevo el bolso. Presiono el botón del ascensor varias veces. Entramos. El viaje del tercer al primer piso nunca fue tan largo, el viaje del ascensor al coche nunca fue tan largo.

Cacá arranca, sale del garaje acelerando. Digo: puta mierda, ¿qué ha podido ocurrir? Nada bueno, dice él. Comenzamos a plantear teorías. Cuando él para, yo sigo sola.

Era uno, el duendecillo.
Un arma alguien sacó
El duendecillo murió
y no quedó ninguno.
Era uno, el duendecillo.

Detente, Fernanda, maldita idiota, me digo. Abro el vidrio, respiro profundo. Al menos la comisaría está cerca. Estacionamos en la avenida Angélica. Caminamos deprisa, entramos por la verja de la 14ª estación de policía. Tengo la sensación de que una nueva realidad, triste y tal vez irreversible, se consolida con cada paso que doy. Pienso en no cruzar la puerta, como si negar un hecho impidiera su existencia, pero claro que no me aferro a esa bobada y avanzo.

Nos apoyamos en la ventanilla. Nuestra hija está desaparecida. Un policía gira hacia nosotros: ¿cuántos años tiene? Cuatro, responde Cacá, más rápido que yo. El hombre frunce el ceño. Cuatro es un problema. Hace poco apareció una madre quejándose de la desaparición de su hija de veintidós años. Veintidós, generalmente, no es un problema. Pero bueno, ya los atendemos, dice, y señala una sala de espera con algunas sillas.

No logro sentarme. ¿Cómo puede alguien sentarse en una situación de estas? Ni siquiera el monje de Cacá lo logra, camina de un lado a otro, se sirve un vaso de agua. Me vibra el móvil, deseo que sea un mensaje de Maju. Doña Fernanda, vinimos a dormir a la casa de fulanita, disculpe que la avise a esta hora. Pero es Yara, deseándome buena noche y un mordisco en la nalga. Tengo ganas de contarle lo que está ocurriendo. No puedo hacerlo delante de Cacá, pero de repente todo parece tan irrelevante: la crisis de mi matrimonio, mi marido, la misma Yara. Me aparto un poco y hablo rápidamente con ella. Luego vuelvo a la sala.

El agente nos llama. Antes de nada, nos pide que le demos nuestros datos para la transcripción. Al igual que el viaje de ascensor, mi nombre parece un largo recorrido, nunca me molestó tanto deletrear las distintas consonantes de mi apellido polaco. También quieren los datos de Cora. Cacá dice que no los tenemos. La nana es quien cuida a la niña la mayor parte del tiempo, lleva su carnet de identidad y del plan de salud. Igualmente damos datos de Cora, nombre y fecha de nacimiento, apariencia física. A la hora de hablar de Maju, sin embargo, no lo sabemos todo. Ni siquiera yo, que la registré en la seguridad social, recuerdo su nombre completo, solo sé que es Maria Júlia, cabello castaño, ojos castaños, piel blanca, estatura media, cuarenta y cuatro años, mi misma edad. El agente dice que no hay problema, cuando lleguemos a casa le enviamos lo que hace falta. Lo más importante ahora es entender el caso.

Quien lo cuenta es Cacá. Explica un poco la rutina de Cora y de Maju, dice que ese lunes no fue distinto, las dos salieron temprano, justo después del desayuno, a tomar un taxi en la estación e ir al club, donde nuestra hija hace natación. El agente pregunta si las vimos a las dos salir. Decimos que no, pero que la otra empleada las vio y nada le llamó la atención, a excepción del hecho de que la nana cargaba con un bolso grande y un *tupperware*, algo que no es realmente extraño porque, además de la toalla y la ropa de Cora, Maju suele llevar fruta picada como tentempié. También está el peluche, que se llevaron, agrego, aclarando que eso fue lo que nos hizo pensar que habían viajado con mi madre. El agente quiere saber si no es común llevarse el peluche. Decimos que no tanto, pero cuando Cora está llorona dejamos que salga con la oveja. Él le echa un vistazo a Cacá, ya entendió quién es quién en la relación, y pregunta si Maju es de fiar. Totalmente, responde Cacá, y yo asiento, agregando que lleva tres años con nosotros. El agente pregunta si sabemos cuál fue el taxista que las llevo al club. No, respondemos, pero es fácil de descubrir, algún conocido de la estación de taxis. Luego pregunta si llamamos al club y al colegio, ¿saben si estuvieron en esos lugares? Cacá dice que no lo hemos hecho, vinimos corriendo a la comisaría tan pronto supimos que no habían ido a la finca. Enseguida, el agente quiere detalles de nuestra situación financiera. Luego cuento en qué barrio vivimos, que tenemos un Renault. Él pregunta si recibimos alguna llamada extraña que viniera de algún número desconocido. Digo que no. Él mira el reloj en la pared. Dice que no debe ser un secuestro. Además de que no tenemos bienes ostentosos, los secuestradores ya hubieran entrado en contacto si fuera el caso. Pero claro, nunca se sabe, aún menos en un país con técnicas de extorsión tan creativas, tan variadas. Dicho esto, nos orienta sobre qué hacer en caso de que recibamos una de esas llamadas.

El agente baja enseguida la mirada, hacia unas notas ilegibles que ha tomado en un papel. Continúa: y esa tal Maju, ¿saben si tiene algún problema financiero? Digo que no, no que yo sepa. Es difícil que lo tenga, tiene un excelente salario. A veces son deudas, un hijo metido en drogas, sugiere, y siento que está yendo por el camino errado, desconfiando de quien no debe desconfiar. Cacá debe sentir lo mismo, porque responde de inmediato que Maju no tiene hijos. Que es una mujer felizmente casada, está intentando embarazarse, no hay por qué confundirse. El agente pregunta acerca de los empleados del edificio. Cacá habla un poco de Chico, de Aldo, tampoco creemos que ellos estén involucrados.

El agente quiere saber si tenemos alguna corazonada. Puede que parezca ridículo, dice, pero a veces la solución del caso está dentro de las personas. Cacá suelta una carcajada, nervioso, dice que le encantaría que la solución estuviera dentro de él. Yo digo que tampoco tengo idea, pero temo que haya sido un atraco. Y, depositando sobre la mesa mi angustia contenida y recontenida, pregunto: ¿usted cree que pudieron asesinarlas? Él me mira con lástima por primera vez. Entiendo que sí, es posible, y siento ganas de ir al baño. Me aguanto, no me iré hasta oírlo todo. ¿Qué más puede ser?, pregunto. Él contesta: un accidente, pudieron ser víctimas de un choque y, por algún motivo, no se encontraron sus documentos. Víctimas, repite Cacá, mirando a la nada, y tengo la sensación de que va a llorar. Pongo mi mano sobre su muslo. El agente dice que también puede tratarse de una desaparición sin explicaciones. Le pregunto si es común. Él dice que más de lo que se piensa. No se oye tanto al respecto porque las madres de los hijos desaparecidos suelen sentir vergüenza de contar sus historias. Son como las madres de niños que mueren ahogados, creen que fueron negligentes aun cuando no lo fueron, están seguras de que es su culpa. Después nos pide unos datos más, nos entrega el informe policial y dice que mantengamos la calma. Lo meterá todo en el sistema, revisarán hospitales y comisarías. Dentro de unas tres horas, cuando ya tengan algún tipo de información, nos llamarán.

Tan pronto salimos del cuarto, corro hacia el baño. Ni siquiera me aseguro de que el inodoro esté limpio. Me siento y, para mi sorpresa, cago. Cago mucho. Luego, aún en el baño, miro el móvil. Los mensajes de Maju, que tanto ignoré los últimos años, son los que más espero ahora. Le envío: dnd esta? dnd esta? dnd esta?, aunque no tenga mucha esperanza de que conteste.

Al salir del baño encuentro a Cacá, que me espera. Caminamos en silencio hasta la calle. Cerca al coche hay un puesto de revistas. Paré de fumar hace años, pero a la mierda el esfuerzo que me costó. Pido un paquete de Marlboro rojo, quiero lo más fuerte que tengan. También pido un encendedor. El quiosquero señala una docena de Bics, me pregunta qué color. Le digo que no importa. Le pago, doy unos pasos en la calle. Cacá nunca ha fumado, odia el olor a cigarrillo, pero me pide uno. Hace frío, sopla el viento, tenemos que hacer cabañitas con las manos para encender el cigarrillo del otro. Miro el rostro tenso de Cacá. Ese tipo fue mi pareja, mi marido, mi amigo, en algunos momentos fue mi padre. Ahora también es mi hermano.

25

Como el bus no aparece, termino encendiendo de nuevo el móvil. La pantalla tiene un nuevo mensaje: dnd esta? dnd esta? dnd esta? No sé por qué he decidido mirar ese cacharro, lo guardo de nuevo en el bolso. No solo los mensajes me ponen nerviosa, la demora también lo hace. Estoy acostumbrada a São Paulo, a ese ir y venir de buses todo el tiempo, sea la hora que sea. Aquí al parecer es como Mandaguaçu, pasa un bus en la vida y otro en la muerte. Y al parecer ambos ya pasaron. ¿Será eso? ¿Ya no viene ningún servicio? Es casi medianoche, no puedo esperar más.

Nunca pensé hacer autostop, siempre me pareció para gente sin juicio, pero ahora lo considero. ¿Qué más puedo hacer? Claro, no voy a pedirle que nos lleve a cualquiera, no con ese montón de gente asesinada que he visto en televisión, Virgencita. ¿Será mejor hacerle señas a un coche o a un camión? Tal vez un coche, una mujer sería ideal. Pero ¿cómo voy a saber si conduce una mujer con esta oscuridad? Ni siquiera sabría si hay una jirafa al volante. Lo que puedo distinguir es el tipo de coche. Mejor hacer dedo a los más caros, los más nuevos. Los de gente que trabaja, que gana un salario, que cuelga ambientadores en el retrovisor. Alguna vez oí a alguien decir que la primera señal de locura es la falta de aseo, la persona está tan deschavetada que olvida cuidarse, cuidar sus cosas. Ni pensar, entonces, en esa Variant que acaba de pasar, cayéndose a pedazos. El coche que sigue también me da mala espina, demasiado largo, parece una carroza funeraria, ¿qué lleva ese loco ahí dentro? La calle enseguida queda vacía. Miro el reloj, doce y seis. Doce y ocho. Doce y trece. Unas luces aparecen a lo lejos y reconozco el modelo, un Chevrolet Prisma igual al de Lauro, el coche de quien tiene sus cuentas al día. Levanto la mano, estiro el pulgar como en las películas. El Prisma para. Un chico de veintitantos años baja la ventanilla. Parece buena gente, el cabello peinado hacia atrás. ¿Adónde va, señora? Le echo una ojeada al interior del vehículo, todo normal, ningún revólver, ningún cuchillo, ninguna sierra eléctrica, aunque de todos modos siento un miedo grandísimo. No controlaré nada desde el momento en el que entre. ¿Adónde va, señora?, repite. No voy a ningún lado. Solo lo saludaba. El chico resopla y arranca.

Siento un desánimo, un deseo de renunciar a todo. Al autostop, a la vida. ¿No sería bueno si pudiéramos hacerlo, apagarnos como una máquina? Viviríamos un poco y luego volveríamos a vivir cuando duela menos. Si no fuera por Cora, me quedaría aquí hasta que se me acabase la batería, hasta caer del hambre o del frío y que alguien me recogiera. O que no me recogiera, como la basura en los lugares abandonados por Dios, donde la gente y los paquetes son exactamente lo mismo. Y hablando de paquetes, ahí viene otro camión, con la carita de Elma

Chips sonriendo en la carrocería. Pienso: ¿por qué no? Puede incluso ser mejor. El conductor es un empleado, tiene carga que entregar y un horario que cumplir, no va a violarme en su turno. Para mostrarle que soy una mujer decente voy al banco, alzo a Picochuca. Vuelvo con ella durmiendo en mis brazos, levanto la mano. Otro viene y pasa justo al frente. No pasa mucho antes de que aparezca un camión portacoches. Ese va a parar, lleva tantos coches, ¿qué le cuesta llevar a una mujer y una niña? Debe costar algo, porque el conductor no para. Tal vez no nos vio. Decido dar unos pasos hacia delante, mi pie derecho encima de la línea amarilla. Ahí viene otro y pienso que ha sido enviado para mí, en el parachoques dice bien grande Monitoreado por Cristo. Pero ese tampoco para, al igual que un camión articulado y un camión cisterna que viene justo detrás, que pasa como si yo no existiera. Me quedo pensando en qué es lo que ocurre, ¿la vida les arrancó el corazón a todas esas personas? Al cabo de unos minutos, viene otro. Para mi sorpresa, el camión frena. La puerta se abre. Un hombre me mira desde lo alto. Le tengo miedo, pero parece que él también me tiene miedo. Me observa, desconfiado, desde su asiento cubierto por bolitas de madera, como las que Lauro usaba para relajarse en los atascos. Voy a São Paulo, le digo. Yo también, dice, sube, y extiende la mano para ayudarme. No sé si es la gentileza o la silla igual a la de Lauro, pero no le tengo tanto miedo, solo un poco. Me siento, me acomodo sin despertar a Picochuca, me pongo el cinturón de seguridad. ¿Es tu hija?, pregunta. Digo que sí. Él arranca, el motor hace escándalo.

Luego pregunta qué hace a esas horas una mujer como yo en la carretera. Le cuento que me robaron en la cafetería. Dejé la maleta al lado por un segundo, me la robaron mientras le daba de comer a la niña. Miento, allí dentro estaba todo mi dinero, nuestros documentos. Por eso decidí volver a São Paulo.

Me dice que la carretera está llena de sinvergüenzas, él lo sabe bien. Y de gente desalmada, añado, contándole que llevaba haciendo autostop casi media hora y ningún camionero se detuvo. Es porque tienes la niña, dice. Si fueras una dama, se hubieran detenido. No entiendo, le pregunto qué es una dama. Él dice que es una mujer de la vida. Ellos las distinguen por la manera de vestirse, de subir a la cabina. Todos se suben de frente, una dama se sube de ladito. Asiento con la cabeza. Él continúa, me explica que ningún camionero se detuvo porque una mujer que hace autostop con una niña es una trampa. Le pregunto qué tipo de trampa. Robo de menores, dice. Siento un frío en la raja de las nalgas, ¿lo sabrá? Dijo menores, así habla la policía. Me imaginé ser descuartizada, violada, asaltada, pero nunca presa por un agente disfrazado de camionero. Intento hacerme la loca, ¿robo de menores? Tal cual, se roban muchos más niños de los que uno se imagina, me dice, y me mira. Me dan tantos nervios que estoy a punto de entregarme, puedes esposarme aquí mismo, hijo mío. Él continúa: pero por tu manera de vestir supe de inmediato que eres otro tipo de persona. Respiro aliviada. Él saca un blíster de pastillas, se pone una en la boca, se la traga con agua. Luego me ofrece la botellita. Estoy muriendo de sed, pero me da vergüenza aceptarla, no quiero parecer una floja, robándole su bebida, robándole un viaje. Ni hablar de los gérmenes, quién sabe la última vez que ese hombre se cepilló los dientes o se bañó. Le agradezco y digo que no tengo sed. Luego sigo ojeando alrededor. Este tipo debe vivir en la carretera, porque la cabina está arreglada como si fuera su casa. Una bandera del Flamengo en el techo. La foto de una mujer en el salpicadero. Una manta bien doblada detrás del asiento. También lo observo a él, con el rabillo del ojo. Debe tener unos treinta años y no es un adonis, pero no está mal. Es moreno, de cara ancha, Neide estaría loca en mi lugar. Y parece buena persona. Me pregunta si quiero poner el aire acondicionado, si la temperatura está bien para la niña. Pero hay algo extraño en él. Una inquietud, los dedos golpean el volante, mira sin parar los retrovisores. ¿Estará huyendo de alguien? Chequeo el espejo de mi lado, qué grandes son los retrovisores de un camión, pero no veo ninguna luz detrás de nosotros. Pregunta en qué trabajo. Le cuento que soy empleada, hasta cierto punto es verdad. Soy tímida, pero continúo la conversación: el hombre vive solo en la carretera, debe estar loco por conversar. ¿Desde cuándo lleva esa vida? Desde que aprendí a conducir, responde. Me cuenta enseguida que no siempre ha conducido este tipo de camiones. Comenzó con un furgón de mudanzas, luego llevó algunos años un camión tolva, llevaba soja, maíz, esas cosas, un trabajo aburrido porque la carga seca es pesada, el conductor debe ir lento y él no tiene la paciencia. Se nota, quiero decirle, al ver su dedito que compró un huevito golpetear, algo que debe hacer siempre, porque el volante está desgastado en el lugar que tocan los dedos.

26

Entramos al coche. Abro la ventana, enciendo otro cigarrillo. Mientras tanto, Cacá llama a la madre de Bebel, compañera de la clase de Cora. Le explica la situación y oigo el desespero de la mujer en el altavoz. Cacá la calma, miente, dice que tal vez Cora esté durmiendo en la casa de alguna otra amiga, pero de todas formas le pide que despierte a la hija y le pregunte si vio a Cora en el colegio. Tarda unos cinco minutos, la madre vuelve y dice que no la vio. Sabemos que eso no garantiza nada, a veces los niños de cuatro años ven una batalla de dragones, pero no ven al compañero de al lado. Recordando la solicitud del agente, enviamos un mensaje al grupo del colegio, contándolo todo, pidiendo que nos informen si alguno de ellos, o sus hijos, han visto a Cora.

Estoy acostumbrada a la inmediatez de mis grupos con los *workaholics*, con los gringos de otro huso horario, pienso que tendremos respuestas inmediatas, pero son casi las dos de la mañana y, aparentemente, a veces las madres y padres de los niños pequeños duermen. Cacá sugiere que, mientras esperamos, recorramos el camino que debieron haber tomado Cora y Maju. De la casa al club, del club al colegio. No me parece una propuesta prometedora, pero acepto. Cacá abre la ventana. No intercambiamos otra palabra. Ojos atentos, oídos atentos. El coche a treinta por hora. Él inspecciona el lado izquierdo de la calle, yo el otro. Es una de esas manzanas típicas de la ciudad, de construcciones adosadas. A esa hora no hay nadie en la calle, solo los letreros que se disputan el exiguo espacio urbano. Pasamos por la Óptica Vivian, con las cortinas metálicas abajo. Por las puertas de un taller mecánico, también abajo. A un lado, la puerta que lleva al segundo piso: una academia de muay thai cuyas ventanas son oscuras, tal vez ni siquiera dejen vislumbrar nada de día. Enseguida, una reja con punta de lanza metálica oculta un corredor estrecho. Una clínica de podología con una abertura baja, claustrofóbica, como si la hubieran tallado solo para que entren piernas y pies. La cerrajería ni siquiera alcanza a ser una casa, es apenas una puerta, tiene una llave amarilla con gorra que señala el servicio. Al lado, una tienda de dulces, una papelería. Y en la esquina, el Taste Delivery, una puerta de acero cerrada casi del todo, un palmo de luz encendida que se cuela por su apertura, una moto estacionada delante. Y todo eso apenas en una manzana. Si cada puerta y cada ventana de una ciudad esconden un misterio, por más banal que sea ese misterio, ¿cuántos se esconden en un lugar del tamaño de São Paulo? La misma ciudad que algún día me fascinó por su infinidad de posibilidades ahora me aterra.

ESCENA 1 – TASTE DELIVERY – NOCHE
Maju entra al delivery con Cora y pregunta si venden pizza en porciones, la niña ha notado el olor y se le ha antojado. El

hombre de la caja mira a Maju, luego al repartidor sentado en un banco. Los dos intercambian una sonrisa. El hombre vuelve a dirigirse a Maju.

HOMBRE DE LA CAJA
La cocina está cerrada, pero puedo arreglarle algo.
El hombre de la caja entra a la cocina mientras el repartidor se levanta y baja la puerta de acero. El hombre de la caja vuelve con un cuchillo de cocina. Acorrala a Maju contra la pared, le pasa la hoja a ras del cuello.

HOMBRE DE LA CAJA
Quítese la ropa, o la rajamos a usted y a la niña.
Maju comienza a quitarse la ropa. El repartidor se acerca, abre la cremallera de su mono. Saca el pene duro. Maju se dirige a los hombres.

MAJU
Delante de ella no.
El hombre de la caja agarra a la niña, la sienta en su regazo, le tapa los ojos con una de las manos. El repartidor reclina a Maju contra el mostrador y se la mete por detrás. El hombre de la caja lo mira todo, mientras toca a Cora con la otra mano. La niña llora.

El semáforo está en verde y el Taste Delivery queda atrás. No le cuento a Cacá lo que me he imaginado. No es el momento de chiflarme, tengo que prestar atención a la calle, lamento no haberme llevado un Rivotril. En cuanto lo pienso aparece una farmacia. No me sorprende, hay una Droguería X y una Droguería Y en cada esquina, pero de todas formas no tengo la fórmula para comprar mi benzodiazepínico. Solo miro adentro, esa luz groseramente blanca contra los envases coloridos, y busco una mujer y una niña, una mujer y una niña, pero el mostrador está vacío. Lleno de dolor en su vacío. Y las rejas no paran de aparecer, la panadería cerrada, la casa enrejada, un garaje con puertas metálicas enlazadas por un candado grueso.

ESCENA 2 – CASA – NOCHE
El taxista para en la acera, abre las puertas metálicas. Entra con el auto. Cierra con candado. Luego abre el maletero. Alza a Cora, desmayada, la lleva en brazos adentro. Atraviesa una sala con ella, pasa por el sofá, la mesa de centro, el televisor. Al fondo del lugar hay otra puerta, le quita el seguro con su mano libre, revelando un tramo profundo de escaleras. Baja con cuidado para no pisar en falso, para no dejar caer a la niña. Allí abajo hay otra puerta, gruesa, con dos cerraduras que abre usando el mismo juego de llaves. La puerta se abre y revela un minúsculo apartamento, de techo bajo. Una niña de once años, con la piel demasiado blanca, de quien no ha visto la luz del sol en años, lava la loza. Gira tan pronto ve la puerta abrirse. Se acerca para ver a la niña que ha traído el taxista, una mirada curiosa y muerta al mismo tiempo. La niña aparta el cabello del rostro de Cora. Su muñeca, blanca y delgada, está rodeada de innumerables cicatrices finas.

Recuerdo a las mujeres que mataron al mono aullador. Siento una fuerza que nunca he sentido, tal vez ni siquiera en el parto. Tengo la sensación de que puedo hacer cualquier cosa: arrancar una casa del suelo, un edificio del asfalto como Godzilla, mirar las entrañas de cada construcción hasta encontrar a Cora. Y solo decido no hacerlo porque me falta la altura y una mano que abarque todo un tejado o el diámetro de un edificio. Pienso que hasta podría volar si fuera necesario, aunque no logre volarme de mi propia locura. Sé que «locura» no es la palabra. Todo lo que imagino mientras veo ese laberinto de puertas y ventanas es posible, ya ha ocurrido con otras niñas. Saco otro Marlboro, enciendo y le doy una calada tan fuerte que la brasa consume un tercio del cigarrillo de un solo tirón. Entiendo que no debo mirar los huecos, Cora y Maju no deben estar en esos lugares. Aunque estuvieran, no las vería. Debo mirar la acera, donde puedo encontrarlas. Es lo que hago, manzana a manzana, los ojos ciegos ante las ventanas encendidas que intentan seducirme, hasta que vislumbro un viaducto. Y debajo, tres adultos y unos diez niños deambulando entre colchones, una carreta de reciclaje y una cocinilla.

ESCENA 3 – CALLE – NOCHE
Maju y Cora caminan por la calle en hora punta, las aceras atestadas de gente. Maju para y compra agua, se distrae al hablar con el vendedor ambulante. Una mujer se lleva a Cora, a la que ponen en una carreta de reciclaje junto a otro niño, en medio de una gran cantidad de desechos. La carreta sigue por distintas calles hasta llegar debajo de un viaducto. La mujer viste a Cora con ropa vieja. Luego la manda con un niño a pedir dinero en el semáforo.

ESCENA 4 – CALLE – NOCHE
Maju le paga al vendedor ambulante, mira hacia atrás y se da cuenta de que Cora ya no está allí. Se desespera, sale a caminar por todos lados. Entra a locales, a la estación de metro, en centros comerciales. Habla con la policía, que le pide sus documentos. Maju se asusta. Se escabulle. Luego entra a un taxi, va hasta la estación de buses y sube a uno para Mandaguari.

Sigo viendo el viaducto en el retrovisor. Tiro el cigarrillo y digo: para. Cacá no entiende. Para el coche, ya sé lo que ocurrió. Él obedece. Salgo, doy un portazo. Camino rápido, en dirección al viaducto. De cerca, ese montón de gente es aún más triste, de repente y por primera vez entiendo el significado de la palabra «miseria»: el suelo cubierto de paquetes pisoteados, los niños que chupan plásticos vacíos. No los busco a ellos. La busco a ella. La vi de espaldas, su manera de andar, la altura, el cabello, comienzo a gritar: Cora, Cora. Todos me miran con sus rostros mugrientos. Sigo pisando los colchones rasgados, como si este lugar no le perteneciera a nadie, como si esa gente no fuera nadie, solo conos de tráfico que debo evitar para encontrar a mi hija. Cora, mami está aquí, grito, pasando encima de una manta y acercándome a la casucha que no tengo que arrancar del suelo porque ya está suelta, sin puerta y casi sin techo. Cora, repito, y toco el hombro de la niña que ahora sé no es quien busco. La niña me mira, confundida. La mujer de la casucha me mira, confundida. Escucho a Cacá, llamándome. Veo nuestro coche aparcado en medio de la calle, las luces cortas encendidas, mi marido corriendo en mi dirección. Vamos a casa, Fer. Siento su mano tocándome el hombro. Su voz repite: ven, vamos a casa. Creo que les pide disculpas a los habitantes de la calle, no estoy segura. Caminamos juntos, entramos en el coche. Me giro y le pregunto: ¿crees que vamos a encontrar a Cora? Creo que sí. ¿En serio? Creo que sí, me repite. Ojalá sí, porque debe ser mejor tener un hijo muerto que desaparecido.

27

No pasa un minuto de silencio y él pregunta por mi nombre.
Maju, respondo. Luego me quedo pensando si debí haber dicho
la verdad. ¿Y el tuyo? Ednardo. He oído ese nombre de la boca
de Lauro. ¿Ednardo, como el cantante? Exacto, responde, y
sonríe con orgullo, como si fuera el cantante. Luego señala
la foto en el salpicadero. Me cuenta que su madre era fan de
Ednardo. Estiro el cuello para ver mejor la foto. La despega del
salpicadero, me la pone en la mano. Comento que su madre es
bonita. Sonríe, orgulloso de nuevo, todo el mundo me lo dice.
Luego vuelve a colocar la foto en su lugar. Me cuenta que se
llamaba Sara. Murió cuando él tenía catorce años. Le cuento
que mi madre murió cuando yo tenía cinco. Me mira con lástima.
No dice nada, pero entiendo lo que piensa, de repente se sintió
afortunado, tuvo nueve años más para conocer a su madre. Pero

también paga el precio de haber amado, el amor siempre cobra un precio tan alto, en la cara se le nota que sufre más su pérdida. Tanto, que sigue con el asunto. Me cuenta que a ella le encantaba la canción del Pavão Mysteriozo, ¿la conoces? Digo que sí y es verdad, el recuerdo surge en mi cabeza, me acuerdo de Lauro en la sala cantando el coro con el trapo de cocina en el hombro. Me cuenta que era su canción preferida, hubo un tiempo en que incluso colgaba la ropa en el tendedero mientras la escuchaba, tenía una extensión eléctrica para que el equipo de sonido le llegara al patio. Lo miro, me doy cuenta que tiene la boca seca y los ojos llenos de lágrimas. Se toma un trago de agua. Cuenta que, cuando su madre estaba muriendo, le prometió que escucharía esa canción cada día durante el resto de su vida, en su recuerdo. Y así fue durante años, la escuchaba todos los santos días, no importaba dónde o con quién estuviera. Hasta que terminó preso un sábado. Abro los ojos, ¿viene con eso ahora que me estaba calmando? Él explica de inmediato, para mi alivio, que no hizo nada malo. Transportó contrabando sin saber que era contrabando, de Palotina a Guarapuava, una carga de nueve televisores sin facturar en medio de electrodomésticos. Le pego una ojeada, parece que está siendo sincero. O quiero que esté siendo sincero. Da igual. Retoma y dice que lo pescaron por bobo, y que estuvo solo una noche en prisión, el tiempo para desmontar la pandilla que lo hizo. Y esa noche surgió el problema, ¿cómo haría para oír el Pavão Mysteriozo? La comisaría era pequeña, el ala de presos tenía un único corredor con tres celdas. Lo pusieron en la primera con un hombre extraño, que estuvo todo el tiempo de cuclillas. Unos minutos después de ir a la celda llamó al carcelero, dijo que debía pedirle una cosa. Tenía vergüenza de hacerle su pedido en voz alta, le pidió que se acercara. El carcelero dijo que ni de broma, al último empleado que se acercó a un preso en esa comisaría casi lo estrangulan a través de las rejas. Si quería hablar, que fuera así, de lejos. Ednardo se aclaró la garganta y le explicó la promesa a su madre, ¿podría buscar un equipo de sonido, un teléfono móvil, alguna manera de tocar la canción? El carcelero se quedó unos segundos en silencio. Luego soltó una carcajada y dijo: ¡no seas marica! En ese instante, Ednardo escuchó otras carcajadas, silbidos, voces gritando: mariquita. No imaginaba que había tanta gente en las celdas de al lado, como lo metieron en la primera, no había pasado por las otras. Guardó silencio y se quedó allí, quieto como el acuclillado. Ya era entrada la noche y él no tenía más esperanzas de que lo soltaran ese día, de modo que se disculpó con su madre, diciéndole que ya había hecho muchas cosas malas, ella era testigo, pero él no sabía de esos televisores, ni que terminaría la noche allí, sin cepillo de dientes ni el Pavão. Intentó dormir, pero el colchón de muelles gemía más que un enfermo. Además, Ednardo siempre pasaba la noche conduciendo, no estaba acostumbrado a pegar ojo a esas horas. Y menos mal que no lo hizo, porque al rato, cuando la comisaría estaba en silencio, cuando debía ser casi medianoche, oyó una voz. Venía de una de las celdas de al lado. Aguda, afinada, cantando las primeras palabras. *Pavão misterioso, pássaro formoso...* Tuvo miedo de que fuera una burla, pero la voz continuó: *tudo é mistério nesse teu voar...*, y así siguió, verso a verso, pausa a pausa, afinada hasta el final, *eles são muitos, mas não podem voar.* Ednardo pensó que el preso iba a ser abucheado, pero no, nadie dijo ni pío, ni siquiera el carcelero. Al día siguiente fue liberado, nunca conoció el rostro del hombre que le cantó. Veo que los ojos de Ednardo vuelven a anegarse. La historia también me dio escalofríos. O escalosfríos, como diría mi abu, a la que ni siquiera le gustaba la música pero aparece en mi cabezota, atraída por los misterios del Pavão. Alcanzo a preguntarme si la historia es verdad, ¿pero para qué se lo inventaría? Como no sé qué decir, digo que conozco la canción. Que es muy bonita. Ay, sí que lo es, dice él. Luego mira el retrovisor y continúa, dice que no sabe si es solo con la letra de canción o con otras, porque él no escucha ni canta las otras siempre, pero es muy curioso cómo cada día o cada época en que la escucha, la canción gana un significado distinto. Como la carretera, que nunca es la misma, sin importar cuántas veces pases por ella. La noche en que estaba preso, la letra hablaba de la prisión. *Meu pássaro formoso, no escuro dessa noite me ajuda a cantar*. *Derrama essas faíscas, despeja esse trovão, desmancha isso tudo que não é certo não*, canturrea. Y pienso que no, que el Pavão habla de Cora, de todo lo malo que debe desarmarse lo antes posible. No sé si es por hablar tanto o por canturrear o qué, pero la boca de Ednardo queda seca de nuevo. Lo sé porque sus labios se adhieren a las encías, él agarra la botella de agua. Luego me ofrece un poco. Estoy muerta de sed, pero me aguanto, esa mano de gérmenes y bacterias, por Dios, yo no quería ser así.

Aparece una estación de servicio. Ednardo me pregunta si tengo hambre. Le digo que no, nunca le daría el trabajo de parar por mi culpa. No siento mucha hambre, además. Nunca la siento cuando estoy así de nerviosa. Él dice que no ha probado bocado en el almuerzo, tampoco tiene hambre, pero tiene que comer algo para seguir despierto. Comienza a frenar, entra a la estación. Aparca. Me pregunta si bajo. En realidad quiero, pero no puedo. Tendría que llevar conmigo a Picochuca y no puedo correr el riesgo de despertar a la niña. Ni pensar en dejar a Cora sola en el camión. El miedo que me da la asfixia con las ventanas cerradas. El miedo que me da un robo con las ventanas abiertas. El miedo que me da que Ednardo me abandone y se vaya con ella. La única opción es quedarme en la cabina. Le pido que me compre agua y una *coxinha*. Me quito las vueltas del sostén, le doy un billete de veinte reales. Él dice que ya vuelve y cierra esa puertota pesada.

Me doy cuenta de que tengo una oportunidad de oro. La oportunidad de ver si ese hombre es de fiar, si puedo seguir tranquila hasta São Paulo. Espero a que entre en la cafetería. Abro la guantera, me tiembla la mano, no suelo hacer este tipo de cosas, en casi treinta años de trabajar en casas de familias nunca he cotilleado en un cajón. Pero hoy no es un día cualquiera. Hurgo ahí dentro, encuentro más remedios, un paquete de condones, un CD con una pluma azul y beis en la portada. Y el carnet de identidad. Veo su foto. Está más joven, aún más guapo. La giro y siento un frío en el estómago, ¿ya has pensado qué hacer si su nombre es José Carlos? ¿Tendré que salir corriendo, huyendo con Cora? Pero sí se llama Ednardo. Ednardo Pereira de Souza. Hijo de Maria Samara Alves Pereira y Rogério de Souza. Veo a Ednardo, volviendo. Meto el carnet y cierro rápido la guantera, Ednardo está cada vez más cerca, con dos botellotas de agua y una bolsa de papel en la otra mano. Abre la puerta. Me entrega una botella y dos *coxinhas*, dice que la otra es para la niña. Le cuento que cuando tienen esa edad, los niños tardan en despertarse. Pero gracias, cuando se despierte será bueno tener comida. También trajo una *coxinha* para él, se la come de dos mordiscos. Se limpia la boca con el dorso de la mano. ¿Será su única comida? Me parece extraño que un hombre tan grande coma tan poco, recuerdo a Lauro, era una retroexcavadora, pero claro, no comento nada. Como decía mi abu, en el trayecto ni pío. Y aún menos con la boca llena, masticando. Cuando termino tengo tanta sed que me tomo casi un litro de agua. Ednardo se traga otra pastilla y se toma su agua.

28

Llegamos a casa. Cacá me dice que me tome una pastilla, pero no hacía falta que me lo recordara. Es lo primero que hago, después de revolver rápido mi cajón. Qué alivio sentir el estallido del blíster, la pastilla derretirse debajo de la lengua. Pienso en tomarme otra, pero cambio de opinión, quedaría demasiado drogada y ahora no puedo estar así, tengo que estar atenta.

Vuelvo a la sala y encuentro a mi marido en el teléfono. Deduzco, por lo que dice, que una madre del grupo ha visto el mensaje, se ha desesperado y ha decidido llamarnos para saber lo que está ocurriendo. No escucho, pero siento su curiosidad mórbida a través de las respuestas detalladas de Cacá. Mi móvil también tiene preguntas. De mi hermana, de Yara. Contesto de manera breve, tengo prisa, quiero pasarle a la policía los datos que me pidieron. Abro el ordenador, busco el registro de Maju. Encuentro su nombre, su documento de identidad, su seguridad social. Su fecha y lugar de nacimiento. Mandaguaçu, no Mandaguari. Luego busco su dirección, el agente señaló que sería bueno encontrarla, pero no aparece. También la busco en redes sociales. Su único perfil no tiene información ni posts recientes. Enseguida voy a su cuarto, quién sabe, tal vez encuentre algo relevante. Entro, enciendo la luz. Es tan extraño poner un pie en la Suite Tokio; la última vez que lo hice debió de ser cuando terminó la remodelación. Fue un trabajo bien pensado. Para que el baño ganara espacio, sacamos el lavamanos al cuarto, como hacen los franceses. Es lo que primero veo, el lavamanos, y ahí encuentro un pedazo minúsculo de jabón. Típico de Maju, usarlo todo hasta el final. El cepillo de dientes no está aquí, pero es normal, salieron a almorzar al club, Maju debió de llevárselo. Es neurótica con la limpieza de los dientes. Luego me dirijo al armario, por un segundo imagino que puede estar vacío, que se llevó todas sus cosas. Es un pensamiento extraño, no creo que haya escapado con mi hija, está tratando de tener hijos, ¿por qué se quedarían ella y el marido con una niña que no les pertenece? Sin olvidar que, si estuviera tan loca como para hacerlo, ya lo habría hecho. Pero ahora todo lo que es absurdo me pasa por la cabeza, tanto es así que abro el armario con miedo. Y de hecho me asusta. No porque esté vacío, sino porque está demasiado lleno. Se me contrae el cuerpo al ver una masa grande y oscura que luego reconozco: es nuestro árbol de Navidad. Un pino medio desarmado que no cupo en mi vestidor, no cupo en ningún lado, y vino a parar acá. Aunque ese armatoste no sea de los más grandes, Cacá prefirió un modelo *slim*, llena casi todo el armario de una puerta. En el rincón hay espacio apenas para tres perchas, ocupadas por camisas blancas. Aún quedan los cajones. En el primero hay pantalones. En el segundo, ropa interior cedida, un pijama que era mío, ahora totalmente desteñido. Me parece curioso que ella, que es tan caprichosa, que gana un salario tan bueno, tenga un vestuario así de roto. Tal vez sea la pobreza, esa marca que nunca sale de la gente, sin importar cuánto intente quitarla el borrador del dinero. Abro el tercer y último cajón, deseando encontrar algún documento, tal vez un papel con la dirección de Maju. Me sorprende encontrar una colección de objetos de lugares que frecuentamos. Servilletas de Starbucks, fósforos de Riviera, palillos de Sushi Cute. ¿Por qué diablos un ser humano occidental necesita tantos palillos? No sé, ni quiero saberlo. Cierro el cajón y el armario. Miro alrededor, pero la suite no tiene ningún otro mueble, solo la cama. Me arrodillo y abajo solo encuentro un par de chanclas con la suela lisa de tanto uso. Recuerdo a mi bisabuela, a las personas que solían guardar dinero debajo del colchón. Levanto la punta del Spring. Sobre las tablas, innumerables libros. Puestos lado a lado, seguro para no hacer volumen. Cojo uno de ellos: *El cretino irresistible*, Colección Pasiones Picantes. Olvido por un segundo la desgracia en que estoy metida y sonrío. Pero es solo un segundo, una milésima de segundo. Luego devuelvo el libro a su lugar, levanto los otros en búsqueda de un papel que no tenga valor ficticio. No encuentro nada y voy al baño. Encuentro otro jabón gastado, esta vez con un hilo de cabello, y un frasco de champú casi vacío.

Salgo de la Suite Tokio, paso por la sala. Cacá me intercepta y pregunta si he encontrado algo. Digo que no, que voy a revisar las otras habitaciones. Entro al baño. Veo el banquito que Cora usa para alcanzar el lavamanos. El vaso que sostiene su cepillo de dientes. Está vacío, pero, de nuevo, no me parece indicio de nada. Luego voy a su cuarto, enciendo la luz. Allí está el universo sencillo de mi hija. El papel pintado con banderines coloridos, el candelabro en forma de nube. La mesita que Cacá pintó porque no encontró ninguna del mismo color que los banderines. Me alejo de las sillitas, camino hacia el armario. Cacá aparece. Miremos si se llevaron las cosas de natación. Pasa delante de mí, abre la puerta. Sabe exactamente en qué cajón están. Cora tiene tantos trajes de baño y bikinis que no tenemos idea de si falta alguno. Pasa casi igual con las gafas de natación. A veces olvidamos llevarlas en un viaje y compramos unas, debe de tener tres o cuatro, ¿quién sabe? Pero el gorro con el logo del club es único. Y está aquí. ¿Se lo habrán olvidado? ¿O no fueron a natación? Recuerdo la mochila de colegio, miremos si se la llevaron. Comenzamos a revisar el armario, buscando la Kipling con el monito en el llavero. No la encontramos. El gorro presente y la mochila ausente componen una información ambigua. De todas maneras, Cacá manda un mensaje a la policía.

Mientras tanto sigo dando vueltas por el cuarto, no logro quedarme de pie. Decido abrir los cajones grandes que guardan los juguetes. Recuerdo haber planeado esos cajones, haberlos etiquetado: muñecas, instrumentos, animales, juegos, carritos, plastilina, otros. Un plan destinado al fracaso. Los niños reúnen demasiados cachivaches, las nanas no tienen tiempo para diferenciar un rompecabezas de un tangram, aún menos las madres, no hay nada más distante de la vida que la idealización de la vida. Abro el cajón clasificado como «otros». Encuentro docenas de pequeños objetos, elementos que no encajan en otros compartimentos, algunos de los que mi hija se niega a deshacerse, como tapitas de botella, frutas de plástico, medallas, el brazo mutilado de una muñeca, plumas de una vieja peteca, puntas de crayolas, zapatos de medio centímetro, fichas, pelotas desinfladas, pedazos de arcilla seca, un palmo de cositas enterradas unas sobre otras como los restos de un tornado en Liliput, donde ahora hundo la mano, una excavadora que trae a la luz otro montón de chucherías. Lo miro todo como un detective perdido y desamparado: observo un silbato, un títere de papel cuyo soporte es un palillo chino. Giro el palillo entre mis dedos. Despego el dibujo, lo doblo y lo guardo en mi bolsillo, si no como pista, como amuleto. Luego sigo abriendo cajones, rebuscando entre juguetes, tirando por los aires un sonajero, un tambor y un piano pequeño. Cacá pregunta qué estoy haciendo. Digo que no sé y, sintiéndome pequeña como mi hija, decido llamar a mi madre.

Nunca me he llevado muy bien con ella, pero de repente quiero oír su voz. El tono de quien fumó y bebió más de lo que debe. Esos consejos inconsecuentes que sirven más como indicación de qué no hacer. La llamo de todos modos. Contesta con el altavoz puesto. Dice que me iba a llamar. Está con mi hermana, acaban de tomar la carretera, ansiosas por saber lo que ocurre. Le cuento la visita a la policía. Explico que estamos esperando noticias de otras comisarías, de hospitales. Mi madre comienza a recordar una historia de mi padre, que una vez desapareció durante casi veinticuatro horas. Al final lo localizaron entre los indigentes de un hospital público, después de un coma etílico y de un juego de azar que le hizo perder hasta la ropa. Me cuenta algunos detalles. Mi hermana le reprocha: tu nieta ha desaparecido, ¿hay alguien que se ponga a hablar de cualquier cosa en un momento así? Las dos discuten. Yo me quedo escuchándolas. Sus voces son como ruido blanco, hace cuarenta y cuatro años que las oigo discutir. La típica relación madre e hija, una le reclama a la otra, se frustra con la otra, a veces siente envidia de la otra. Y, a pesar de todo, están juntas. Las relaciones amorosas pasan, la luna de miel con un hijo hombre se enfría, pero madre e hija siguen enganchadas, intercambiando pullas hasta el último suspiro, en la relación más difícil y tal vez más bonita de todas. Me muerdo los labios, no es el tipo de pensamiento que quería tener ahora. Me hablan: ¿Nanda, estás? Digo que sí, mientras me acurruco y me abrazo las rodillas.

29

No sé qué le ha dado a este hombre. Habla más rápido, las narinas se le abren como si tuviera rabia por algo. Miro la carretera
y no veo nada, el espanto debe de estar en él. O tal vez sea prisa, porque siento que también está conduciendo más rápido. Y
justo ahora tengo que ir al baño. Pasamos por una estación de
servicio, pero no tengo el coraje de pedirle que se detenga, no
quiero molestarlo, decido aguantar un poco. Su prisa no es tan
mala, mientras antes lleguemos mejor para mí, pero hay otra
parte de mí que quiere que vaya a veinte por hora. Que ande en
círculos, que haga el retorno durante días y días, sin parar, el sol
naciendo y poniéndose, naciendo y poniéndose, solo para que
yo sienta el cabello de esta niña por más tiempo.

Cuando aparto mi nariz de Cora, veo que Ednardo pisa aún
más el acelerador, el marcador del salpicadero pasa los cien

por hora. Esto ya es cuestión de seguridad. Reúno coraje y digo, como quien no quiere: por nosotras no hay prisa, ¿eh? Él me mira. Dice: es por el perico. ¿Perico? ¿Quién es ese, tal vez el conductor que él tanto busca en el retrovisor? No voy a ser tan indiscreta como para preguntar. En especial porque él es capaz de hablar por su cuenta, no para de hablar. Dice que es bueno llegar temprano, porque São Paulo es una trampa, los camiones tienen horarios limitados para conducir. Luego pregunta dónde vivimos nosotras. Le doy una referencia. Él dice que puede dejarme allá. Le agradezco a Dios haber puesto a ese hombre en mi camino. Está siendo tan gentil, no tengo por qué temer. Le pido parar cuando aparezca una estación de servicio, tengo que ir al baño. Él dice que está bien y sigue hablando, ahora de la mujer, su cristal. Así se le dice a la mujer de un camionero, cristal. Tal vez porque debe ser muy preciosa para aguantar a un marido en la carretera que aparece por casa una, dos veces al mes. Pero su cristal se quebró. Consiguió otro. Miro al lado y le veo los ojos llorosos, este es aún más blandengue que yo. Me cuenta que ella le avisó, sí que le avisó. Estaba cansada de estar sola. O abandonaba la vida de camionero, o ella saldría con alguien más. Pienso en mi caso, en la decisión de trabajo que me costó mi matrimonio. Le pregunto si no pensó abandonar la carretera para quedarse con ella. Dice que no, enloquecería. No podemos controlar nada en nuestra vida. En la carretera, al menos, él tiene la ilusión de que controla algo, de que está en la cabina de mando. No sé qué es una cabina de mando, pero me lo imagino. Él sigue hablando, tener que llegar a algún lado también le da sentido a la falta de sentido que existe en todo. Si su vida fuera cada día el mismo sofá y la misma ventana, ya se habría pegado un tiro. Pienso: qué distintas somos las personas. Si yo supiera que cada día de mi vida iba a ser distinto, me pegaría un tiro.

Veo una estación de servicio, pero está al otro lado de la carretera. Le pregunto a Ednardo si se separaron, menos por curiosidad y más para distraerme de mi vejiga, que está a punto de estallar. Él dice que siguen juntos. Que todo se aprende en la vida, hasta que a uno le pongan los cuernos. Solo le pidió una cosa a su mujer, que no le contara sus aventuras, pero que le diga al amante que él lo sabe todo. Cornudo sí, pero idiota nunca, dice, y abre de nuevo las narinas. Sigue hablando, pero ya no logro prestarle atención, mi vejiga es como uno de esos globos que los niños llenan de agua, el plástico se balancea, pesado, me aprieta por dentro. Aguanto el pis con tanta fuerza que se me levantan los pelos del brazo. Cada segundo se vuelve un minuto. Ay, tiempo duro de atravesar. El cuerpo me muestra quién manda. Quien ha pasado hambre o frío conoce el poder del cuerpo. Quien nunca lo ha pasado, lo descubre al estar enfermo. O en la vejez. En algún momento todos terminamos arrodillados ante nuestra carcasa. Y aquí estoy yo, humillada por la mía. ¿Cuándo va a aparecer una estación de servicio? Siento que se escapa una gota, la orina moja mi ropa interior.

¿Puedes parar? Tengo que orinar ahora, digo. Ednardo asiente. Enciende los cuatro intermitentes, va parando al costado de la carretera. Solo entonces me doy cuenta de que no tengo cómo hacerlo. No puedo dejar a Cora sola en el camión. Puede que le tenga confianza a Ednardo, pero no confío con los ojos cerrados en nadie, ni siquiera en los taxistas de la plaza. Aún con ellos me subo primero que Cora, porque si algo he aprendido al ver programas de policías, es que el psicópata no da señales de serlo. Tendré que bajar con ella en brazos. Ednardo dice: deja a la niña, yo la cuido. Digo: no, gracias, y comienzo a bajar, buscando un rincón a la orilla del maizal. Y todo es tan desgraciado en esta noche desgraciada que hasta el cultivo está seco, escucho las hojas quebrarse bajo mis pies. Al menos aquí está la luna, guiándome hasta un matorral. Pienso poner a Picochuca en el suelo, pero recuerdo las cobras que andaban en medio de los arbustos. Tendré que hacerlo con ella en brazos. Al menos llevo falda, si llevara pantalones sería imposible. Levanto la tela con mi mano libre, la enrollo en mi cintura. Luego me bajo la ropa interior hasta que cae al suelo. Saco un pie, luego el otro, empujo la prenda a un lado. Intento agacharme un poco, pero no lo logro, pierdo el equilibrio, Cora pesa demasiado. La única opción es hacerlo de pie. Abro bien las piernas. No me creo que vaya a orinar como un hombre, mis caderas apuntando hacia el frente para no mojarme los pies. Pero no soy hombre, no tengo ni siquiera el derecho de orinar en paz, las gotas me salpican las rodillas, los tobillos, los zapatos. ¿Me estará viendo Ednardo? Me sacudo, me sacudo como lo haría un hombre. Luego intento agacharme para recoger la ropa interior, pero tampoco lo logro, casi me caigo al suelo. Me doy cuenta, además, de que debe de estar sucia, infestada de tierra roja. Dejo de intentarlo. Suelto la falda. Vuelvo al camión, sintiendo el olor a orina que me acompaña. Ednardo me extiende la mano para que subamos y abre las narinas, ¿notará el olor a rancio? Justo yo, una mujer tan limpia, pasando por esas. Siento una tristeza. Una soledumbre. Un cansancio. Y Ednardo también debe de estar cansado, porque esta vez no conversa. Sigue con los ojos bien abiertos, los dedos golpeteando el volante, pero la boca cerrada, rajada en una tensión que no logro comprender. Miro el reloj del camión. Son las cuatro de la mañana. ¿Vas a dormir algo?, pregunto. No hay manera, me dice. Me relajo un poco. Virgencita, qué agotamiento.

30

Mamá, ¿quieres verme nadar? ¿Quieres verme correr desde aquí hasta el muro? ¿Cortar esa papaya con el cuchillo? ¿Meterme toda la patata frita en la boca? ¿Sumergirme en la bañera? ¿Quieres verme enrollar la lengua? ¿Guiñar solo un ojo? ¿Quieres verme vestida de pirata? ¿Crees que puedo subir la escalera de dos en dos, mamá? ¿Que llego al botón del ascensor? ¿Que puedo limpiarme sola? ¿Escribir mi nombre? ¿Contar hasta mil? ¿Hacer una voltereta? ¿Poner la loza en el lavaplatos sin que se caiga? ¿Que puedo eructar a, e, i, o, u?

Mírame bailar. Mírame saltar del sofá.

Mira, mira, mira.

Mírame, mamá.

31

Camino por el supermercado. Me paro junto a una pila de patatas, comienzo a escoger. Agarro la primera, siento que está dañada. Agarro otra, pero ni siquiera tengo que abrirla para saber que está mala, lo veo por su color medio verde. La tercera que agarro está aún peor, además de verdosa está llena de brotes, las cabezas blancas aparecen. Abandono los tubérculos. Voy a la pila de tomates, agarro uno rojo, jugoso, pero luego le siento la piel toda arrugada. Ni siquiera hago el esfuerzo de tocar las lechugas, están pastosas y negras. La papaya está carcomida, llena de huecos oscuros. Voy al otro lado del estante, donde todo parece más fresco, las naranjas llaman mi atención. Cojo una. En la parte de abajo tiene una mancha verde que se aclara hasta quedar blanca. Las fresas tampoco se salvan, en ellas el hongo es más delicado, una escarcha que cubre los puntitos amarillos. Salgo de la sección de frutas y verduras, voy al frigorífico. Agarro una botella de leche.

Busco la fecha de caducidad, no la encuentro. Abro el sello y huelo. Ácida, agria. Veo un paquete de pan de molde, espío a través del plástico, mohoso. Las flores también están muriendo, pero incluso así están bonitas, sin marcas en la piel, solo pétalos caídos y marrones, qué triste que se deshagan en mis dedos. Decido llevar unos macarrones, algo industrializado no se estropea tan rápido. Levanto la caja y los macarrones caen desde el interior, el paquete ha sido devorado por las polillas, la pasta por los gorgojos, los bichos corren dentro de los pedazos de tubo, las otras partes ya se volvieron polvo. Devuelvo la caja al estante y me doy cuenta de que la madera también se está pudriendo, devorada por termitas que corren junto a los gorgojos. Comienzo a sentirme desesperada, ¿qué ocurre? Pienso en irme, pero no puedo salir con las manos vacías, tengo hambre, tengo que darle de comer a Cora. Decido ir a la pescadería, quién sabe, tal vez allá consiga algo. Apoyo el carrito contra el mostrador de metal, veo unas diez lubinas enteras. Lauro me enseñó que la mejor manera de revisar si un pescado está fresco es por su consistencia, sintiendo si la carne está firme. Toco una de las lubinas y mi dedo se hunde como si fuera una gelatina. Me fijo que el animal tiene las agallas descoloridas, el ojo amarillo, tengo la sensación de que me parpadea. Salgo caminando rápido, paso a la sección de carnes. La tapa de ternera está en oferta, decido llevarme una bandeja. La carne está azulada. Nunca he comprado *filet mignon*, pero parece que hoy no hay escapatoria. Tomo algunos lomos. No llegan a estar podridos, pero veo la cabeza de un gusano en medio de las estrías. Siento asco, los tiro al suelo. Solo entonces me doy cuenta de que mi mano también tiene bichos, no el gusano del filete, sino orugas de seda. No siento asco, sino incluso gusto con lo que veo, hacía eso cuando era pequeña, iba al criadero de orugas y me llenaba las manos con ellas, después salía a asustar a los otros niños y a reírme. Como ahora, sonriendo, hasta que comprendo que no estoy jugando, no estoy corriendo por el césped de Mandaguaçu. Entiendo que esas orugas salen de mí, de los músculos de mi mano. Me llevo la mano a los ojos y veo sus boquitas, de donde suelen salir hilos blancos de seda. Pero ahora las orugas escupen hilos rojos. Tejen seda roja con mi sangre. Entiendo que también muero. La única diferencia entre la fresa, el buey y yo es quién se come nuestra carne, quién vive a través de nuestra muerte. Tengo que parar las orugas, salir de aquí. Miro hacia atrás, buscando la salida, y me doy cuenta de que la pescadería ya no está allí. Recuerdo lo que dijo una vez una presentadora de televisión, que sabemos que estamos soñando cuando miramos hacia atrás y, de repente, de la nada, el paisaje no es el mismo. Tengo que despertar, ¿dónde está Picochuca?

Abro los ojos y veo a Cora en mi regazo. A Ednardo conducir. Me miro las manos, enteras. Bendito Dios, digo, y acaricio a la Virgencita Negra sobre el plástico. ¿Todo bien?, pregunta él. Digo que sí, solo fue una pesadilla. Por eso y más no me gusta dormir, dice, a veces puede ser peor que aquí. Y mientras peor sea aquí, más siniestro es allá. Lo miro. El sol comienza a asomarse. A pesar de la poca luz ya veo los contornos de la carretera, veo a Ednardo de otra manera, sin las bondades de la noche. El rostro abatido, parece que le hubieran dado un puñetazo en cada ojo. ¿Cuánto tiempo llevas sin dormir?, pregunto. Tres días. ¿Cuánto? Él repite lo mismo, se ríe de una manera extraña. Pienso que tal vez siga soñando. Que haber raptado a Cora y que nos recoja haciendo autostop un hombre que no duerme es apenas la primera y última parte de la pesadilla. Dentro de poco me despertaré y seré feliz de nuevo, tomando el transporte al trabajo, leyendo el libro de Nora en el camino, poniéndome el uniforme. Miro el retrovisor y veo una casita al margen de la carretera. Miro al frente, luego de nuevo al espejo, y veo la misma casita, solo que más lejos.

32

Cacá me extiende la mano. Ven, vamos a comer algo. Voy con él a la cocina. Cacá prepara dos sándwiches que no parecen hechos por él, queso y jamón embutidos en medio del pan, sin la mayonesa de siempre. Miro el reloj del microondas, casi las tres de la mañana. Pienso que sería bueno ingerir algo, pero no lo logro, digo que guardaré el mío para más tarde. Cacá se come el suyo con lo opuesto a mi falta de apetito, una ansiedad que lo lleva a liquidar todo en cuatro mordiscos. Cuando se traga el último pedazo suena su teléfono. Contesta. Ya sé que es la policía por su nivel de atención, por la manera en la que se acomoda en el taburete. También sé que las noticias no son buenas, pues no hay alivio en su rostro. Al contrario, la arruga de su frente se hace cada vez más profunda, sus ojos bajan al suelo. Le pregunto si Cora ha muerto, es lo que mi cerebro primitivo de reproductora quiere saber, sobre todo lo demás flota la ilusión de que todo se puede arreglar. Él niega con la cabeza, me indica que espere un poco. Le pregunta a la persona al otro lado de la línea qué opciones hay ahora. Luego cuelga y me explica que, al parecer, no fue un accidente ni un secuestro. Que ante la ausencia de cualquier tipo de señal o contacto aumenta la posibilidad de desaparición. Me detengo a pensar en esa palabra. En lo vaga que es, un tren de sílabas sin nada dentro, un simulacro de sí mismo. ¿Qué quiere decir eso?, pregunto, dejando de pensar en las puertas y ventanas de un laberinto infinito, enfocándome en los contornos de la situación concreta. Dice que no lo sabe, que la policía no lo sabe. Que una desaparición debe de ser eso, que nadie sepa nada. ¿Y cuándo van a resolverlo?, indago, intuyendo la respuesta, que viene a mí en forma de un encogimiento de hombros.

Me levanto. Voy a la sala, comienzo a buscar en mi bolso. Nada como una tragedia para transformar el esfuerzo de años en una humareda. En menos de dos horas he vuelto a ser fumadora. Y de las más empedernidas. Abro la ventana, enciendo el cigarrillo. La nicotina acelera mi pensamiento. Miro a Cacá.

¿Sabes qué me parece extraño?

¿Qué?

Las dos desaparecieron juntas.

¿Por qué es extraño?

Los desaparecidos generalmente son los niños. Y desaparecen solos.

No siempre, a veces son adultos. Hay de todo. Esta semana vi un anuncio que preguntaba por una cacatúa.

Que se joda la cacatúa.

Cora es una cacatúa, no sabe nuestra dirección, no sabría a dónde volver.

Desde ese punto de vista, es mejor que esté con Maju. Ahora, ¿por qué alguien se llevaría a una mujer y una niña?

La pregunta también es para mí misma. Intento imaginar escenas amenas, tal vez funcionales, pero no se me ocurre nada. Solo las desgracias de siempre. Cacá también debe pensar en imágenes indecibles, porque solo me mira. Unos minutos después retoma la conversación:

A ver si encuentran al marido de Maju.

¿Crees que sabrá algo?

No. Va a ponerse mal cuando lo sepa.

No le digo nada a Cacá, sé que es algo mezquino de mi parte, pero no estoy preocupada por el marido de Maju. Hay hombres que pagarían porque su mujer desapareciera. ¿Y si él es uno de esos? Para ser sincera, ni siquiera estoy preocupada por Maju, ella solo me interesa como elemento implicado en la desaparición de Cora.

Cacá se quita los zapatos, comienza a andar descalzo de un lado a todo. Me asusto de repente. Lo oigo decir el nombre de nuestra hija. Veo que tiene los ojos cerrados. Dile a papi, ¿dónde estás? Es extraño verlo así. Siento que está descarrilándose, pero no lo culpo, yo tampoco estoy muy cuerda. Voy al aparador, donde están las bebidas. No debería mezclar Rivotril con alcohol, pero el calmante no me está sirviendo para nada, tal vez tenga la suerte de que la mezcla sea tan fuerte como para derribarme. Abro la botella de ginebra. Preparo un cóctel. Una manera bonita de decir que no preparé nada, solo eché ginebra pura en el vaso. La coctelería es un lujo para quien vive encima de la línea de metralla de la vida, por eso nadie nunca ha visto a un obrero o a un soldado levantando y girando el cuello de una copa, clavando una rodaja de naranja en el borde del cristal. Yo vivía encima de la línea de metralla. Hasta ahora, pienso. Y me tomo un trago generoso.

Cuando me doy la vuelta, Cacá está sentado, con una baraja del tarot en las manos. No se da cuenta de que lo estoy mirando.

Está concentrado mezclando y partiendo la baraja. Pone las cartas lado a lado sobre la mesa de centro. ¿Qué haces?, pregunto, irritada. Él se pone el dedo sobre la boca, pide que me quede quieta. Lo cual me molesta aún más.

Deja de molestar, Cacá. No vas a encontrar nada con esa porquería.

No hables así de mi oráculo.

Eso no resuelve ni siquiera los problemas amorosos, aún menos una desaparición.

Silencio, que estoy tirando la carta.

Hace lento el movimiento, como si la carta estuviera magnetizada por la mesa y él la empujara con fuerza. El gesto me recuerda la época en que Cacá decidió estudiar el tarot. Una más de sus modas pasajeras que no resultaron, creyó que podía enriquecerse como terapeuta holístico en un barrio enfermo de una ciudad enferma, de un mundo enfermo. En ese momento no me molestó, pensé que incluso tenía sentido, pero ahora, solo con ver esa baraja, tengo ganas de pegarle a mi marido. Al fin gira la carta.

El carro, dice eufórico, mostrándome la imagen. ¿No te he dicho que el tarot nos iba a ayudar?

¿Qué quiere decir eso?

El carro indica iniciativa, conquista. Pero no necesitamos la interpretación, la respuesta está en la imagen. ¿Cómo no lo pensamos antes?

Sigo mirándolo sin entender.

El carro. ¡El taxi! Ellas no hacen ningún recorrido a pie. De la estación a la puerta del club, del club a la puerta del colegio, del colegio para acá. Y todos esos lugares son seguros, sus alrededores son seguros. Es decir...

¿De verdad crees que una baraja es capaz de adivinar lo que ocurrió?

No adivina, sugiere caminos para que nuestro inconsciente encuentre la respuesta. Eso es en lo que se apoyan las artes adivinatorias, en una proyección probabilística basada en lo que ya sabemos, aunque sea de manera inconsciente. ¿Recuerdas lo que dijo el agente, que muchas veces la solución está dentro de las mismas personas?

Coge el móvil y llama a la comisaría. Pregunta si ya revisaron las otras estaciones de taxis, delante del club y del colegio. Luego se despide y me cuenta que aún no lo habían hecho, pero lo harán, seguro que encuentran algo. Me tomo el último trago. Me acerco a Cacá.

Estoy de acuerdo contigo. Es probable que la historia involucre a un taxista, ¿pero crees que él abrió un mapa para mostrarle los planes que tenía a sus amigos?

Siguiendo esa premisa, no vale la pena siquiera investigar.

Cacá tiene razón, pero no logro dejar de ser pesimista. O sensata. Le comparto mi teoría. Ellas debieron ir a alguna estación y, al no encontrar un conductor, tomaron un taxi en la calle. Desde ese momento ocurrió alguna mierda que no sabemos.

También creo que pasó eso, dice, girando las otras cartas, esta vez sin paciencia alguna. Luego me mira. Te dije que contratáramos un chófer.

¿Sabes cuánto cuesta un chófer privado?

No dice nada.

Claro, no lo sabes, nunca has puesto ni un centavo en esta casa.

Pero he criado a nuestra hija. ¿Te parece poco?

El mundo está lleno de gente que cría a sus hijos, lava la ropa, trabaja fuera y además vende Avon.

¿Tú lo haces?

Podría hasta improvisar una respuesta, pero me parece mejor quedarme callada, no quiero crear más problemas. Decido hacer otro cóctel que no es cóctel. Agarro la botella y solo entonces me doy cuenta de que está casi acabada. ¿Cómo puede dejarme sola en un momento así? Echo el resto al vaso. Bebo. No es suficiente. Pienso en tomar algún licor, pero tengo miedo de quedarme atontada como mi madre. Tal vez un vino sea la mejor opción, seguiré anestesiando el dolor, o intentando hacerlo, con menor concentración alcohólica y bendecida por Baco, que se pasaba la vida en orgías y seguro que tenía una vida mejor que la mía. Abro la puerta de la despensa, me quedo mirando las botellas y pienso en otra cosa, en la ilusión de que la vida tiene una trayectoria, de que todo saldrá bien en algún momento. De que, al entenderlo, podemos incluso tomar las riendas para llegar más rápido al *grand finale*. Hasta que un día entendemos que no tenemos control sobre nada. Peor, que no existe la trayectoria. Creo que digo alguna de esas cosas en voz alta, porque Cacá me mira. Me doy cuenta de lo que estoy haciendo. Agarro un cabernet reserva que habíamos guardado para una ocasión especial. Le muestro la botella: ¿no es un día especial? Él asiente, triste. Entiende que estoy borracha, pero no me censura; siempre me gustó eso en él, que sea una persona que no juzga ni critica a nadie. Apoyo el cabernet en la mesa de centro, voy a clavarle el sacacorchos, pero él me aparta la mano, hace que lo mire. ¿Sabe qué me preguntó Cora ayer? Presto atención. Papi, ¿cuáles son los colores primates? Nos reímos. Se le ponen los ojos llorosos, los míos también. Respiro, suelto aire por la boca. Cacá vuelve a andar por la sala. Abre los brazos y dice:

Si nunca más vemos a Cora, al menos sabemos que le dimos mucho amor. Que la disfrutamos.

Y una mierda que lo hicimos.

Cacá me mira.

¿Sabes cuántas veces estuve dándole vueltas a la manzana para llegar cuando Cora ya estuviera dormida? ¿Sabes adónde llevé a nuestra hija la única vez que falté al trabajo para estar con ella?

¿Adónde?

Al concesionario de Renault. Tú disfrutaste a nuestra hija. Yo pasé sobre ella como un cumulonimbo.

No digas eso, eres su madre.

Solo parí a Cora. Para ser madre, una persona tiene que adoptar al hijo después de que nace. La madre eres tú. Y Maju. Vosotros sois los que estabais con ella.

Tú no lo hacías porque tenías que trabajar.

Pura mierda. Estaba follando. Es decir, follando y trabajando. Cacá se sorprende con lo que digo. Yo también. Voy hasta el bolso, saco otro cigarrillo. Lo prendo del lado equivocado. Saco otro. No sé por qué le he dicho eso a Cacá, pero ya está hecho, tal vez ahora tenga que contarlo todo para no enloquecer. Doy una de esas caladas. Miro hacia arriba. Ni yo misma sabía si creía en Dios. Señalo con el cigarrillo hacia arriba, mostrándole un dedo hecho de brasa al creador: si la desaparición de Cora fue una lección moralista, que sepas que no ha funcionado. No me arrepiento de nada de lo que he hecho, ¿me escuchas? No me arrepiento, digo aún más alto, mirando a Cacá y golpeándome el pecho con tanta fuerza que siento la piel arder.

Calma, no debes sentirte culpable.

Calma, no es por ti.

Todos los matrimonios tienen sus historias.

Detengo el cigarrillo antes de que me llegue a la boca. ¿Cómo que historias? ¿Acaso tienes tú una amante?

No, nunca me he liado con nadie, dice. Y, al ver que no voy a retirarme, dice: solo salí con una madre del barrio, una única vez.

No sé qué me indigna más: financiar su vida de señora mientras él folla en horario escolar o que me lo cuente. ¿Por qué tiene que ser mi compañero hasta en los cuernos? Imagino que me va a reclamar, hará alguna pregunta, pero no dice una palabra. ¿No quieres saber nada? Para qué saber detalles, Fer, ¿para herirme? Me acerco justo al lado de él. ¿Sabes lo insoportable que es convivir con alguien tan comprensivo que ni siquiera puede odiar de vez en cuando? Él tose por el humo. Apago el cigarrillo. No por sus alvéolos, sino porque ya estoy fumando la colilla. Mientras aplasto el filtro en un plato, pienso que tal vez Cacá no sea tan bueno. Que tal vez confesó su historia solo para vengarse de la mía. Que no quiso saber detalles para mostrar su desprecio hacia lo que hago o dejo de hacer. O tal vez realmente le importe una mierda. No sé ni quiero saberlo. Al diablo con todas las voces en mi cabeza, grito como para despertar a los vecinos. Que se jodan mis cuernos. Sus cuernos. Los cuernos de todo el mundo. Quiero saber qué le pasó a mi hija. ¡Era solo un duendecillo!

¿De qué hablas?

Del duendecillo. Era solo uno. ¿Por qué nadie me avisó? Ahora soy yo la que camina de un lado a otro, buscando una respuesta en las cosas, en las paredes, en cualquier rincón. Aunque, bueno, en realidad me avisaron. La ayahuasca lo hizo.

¿Has tomado ayahuasca?

¿Crees que eres el único esotérico en esta casa? Sí, Cacá, lo hice. ¿Y sabes qué me dijo la planta?

Dime.

Que abriera la puerta. La planta entró en mi cuerpo, allá, en medio de la porra de la selva amazónica para darme ese recado. Hola, Fernanda, tienes un mensaje, un memorando, abra la puerta, por favor. Respiro y continúo: vi a nuestra hija, de pie frente a una puerta cerrada.

¿Puedes describir la puerta?, dice Cacá, agarrando el teléfono móvil.

Es una metáfora. Vi a Cora, enorme frente a una puerta minúscula, que debía tener la mitad de su tamaño. La empujaba, pero la puerta estaba atrancada. Giraba el picaporte, se agachaba, miraba por el hueco de la cerradura, y nada. No lograba entrar.

Cacá hace un gesto para que siga, pero me detengo un poco, impresionada con la nitidez del recuerdo. Es como si fuera algo que realmente viví. La puerta tallada en madera, el picaporte dorado, el cuerpo desproporcionado de mi hija. Y el desamparo de esa situación. Abro la botella de vino. Comienzo a caminar con el cabernet en una mano y el sacacorchos en la otra, bebiendo de la botella, en búsqueda de un alivio que sé que no tendré.

¿Y nadie abría la puerta?

No, digo, aún caminando, aún buscando respuestas. ¿Por qué nunca le abrí la puerta? ¿Por qué nunca tuve en cuenta el aviso que me dio la ayahuasca? ¿Dónde tenía la cabeza?, le grito a él, o a mí, o a no sé quién, mientras miro el lienzo frente a mí. Ese baño estéril, con esos azulejos estériles, con esa sangre estéril. Siento una rabia que no me cabe en el cuerpo. Levanto el sacacorchos. No hagas eso, escucho a Cacá gritar, pero ya estoy rasgando el lienzo de un lado a otro.

33

La ciudad aparece. Ednardo dice que es São Paulo, pero no tiene que avisarme. Reconozco la desgracia de lejos. Ese montón de edificios sin color. Capullos apilados uno sobre otro, millones de capullos. Dentro de cada uno, una oruga que hila todo el día, toda la semana, toda la vida. La mayoría nunca se vuelven mariposas. Yo intenté alzar el vuelo, pero parece que quien nace para hilandera no usa seda, usa poliéster y viscosa, como el ejército blanco. Me imagino a mis colegas ahora, dentro de sus pequeños capullos, apagando el despertador, lavándose la cara, cepillándose los dientes, recogiéndose el cabello, vistiendo el uniforme para entrar al gran capullo y preparar el café, poner la mesa, cambiar el pañal, dar papilla, organizar los juguetes. Y eso es bueno, porque con tanto por hacer, ninguna aparecerá en la plaza antes de las siete.

Me arreglo en el retrovisor, no quiero llegar con esta cara de quien pasó la noche por ahí. Estoy arreglándome el cresperío cuando me doy cuenta de un extraño desplazamiento: íbamos por la perimetral, pero ahora Ednardo toma una salida. Aparto los ojos del espejo, miro hacia delante y veo que estamos entrando a un barrio de la periferia. Barrio es un elogio, estamos entrando en un lugar atestado de casuchas sin terminar. Me imagino que Ednardo se desvió para cruzar al otro lado de la Marginal, para hacer algún retorno, pero no, él avanza hacia dentro. ¿Qué vamos a hacer en este agujero?, pienso. Un poco después me mira, como si me hubiera oído. Voy a hacer una parada rápida. Digo: está bien, aunque para mí no esté nada bien. Quiero preguntar qué parada es esa, pero él está cada vez más taciturno. Puede que vaya a buscar droga. Tal vez haya dicho voy a hacer una parada en ese sentido, de hacer un trueque, una compra, pienso, y de repente las piezas encajan. Seguro que este hombre no duerme por la marihuana o el crack. Seguro que golpetea el volante por la abstinencia. Seguro que fue por drogas, y no por contrabando, que lo llevaron preso.

Comienzo a buscar la casa del traficante, imaginándomela como un cuchitril, pensando si podré esperar en el camión o tendré que bajar. ¿Me tocará bajar? Qué miedo de una bala perdida. De una redada policial, de ser capturada sin motivo, que Cora sea encontrada de la manera más absurda, que las autoridades pregunten si lo que tengo en el bolso son joyas robadas. El camión sigue avanzando entre los capullos llenos, quién sabe cuántas orugas haya dentro de cada uno. Algunas sacan el cuello desde temprano. De repente, haber sido una mujer sola en la Suite Tokio parece un privilegio. Era rica y no lo sabía. Ahora no tengo nada, y aún sin tener nada, tengo cosas por perder. Comienzo a rezar el padrenuestro. Ednardo gira en una calle más ancha, al lado una tienda, al otro una casa de loterías. Avanza un poco más, oigo el ruido del camión acelerando, cuando una está cansada es muy sensible, tanto que incluso oigo el silencio que viene después, y enseguida el motor que suspira hasta parar en una esquina, una estación de servicio. Gracias a Dios, una estación de servicio. Me relajo, pero no del todo, ¿por qué abastecerse en este fin del mundo? Alguna ventaja debe de tener, porque Ednardo conoce hasta al gasolinero, lo saluda por el nombre. Le pide llenar el depósito, paga con tarjeta. Luego le dice: ya voy para allá, ¿listo? El encargado dice que sí. Yo miro alrededor. La estación es pequeña, solo tiene un minimercado de medio pelo y un baño, solo puede estar hablando del baño. Ednardo comienza a escarbar detrás de su asiento, me imagino que busca un rollo de papel higiénico, ¿por qué no me ofreció cuando lo necesitaba? Se golpea, ya le voy a decir que, si no lo encuentra, puede pedirle un periódico al encargado, una mancha de tinta en el trasero es mejor que nada, pero entonces saca una bolsa grande de atrás. No es un bolso ni una maleta, es una bolsa, tal vez de nailon, con nudo de cuerda en la punta. Se pone la bolsa debajo del brazo. Ya vuelvo. Cualquier cosa pita.

Cierra de un portazo. Me quedo ahí dentro, mirándolo alejarse. Pasa por el otro surtidor, por el cuchitril del minimercado, sigue con la bolsa hasta la esquina de la gasolinera, donde, ahora lo veo, hay una especie de casucha con una puerta, una oficina o un depósito o la casa de alguien. Él da un toquecito, vuelve a agarrar la bolsa bajo el brazo con las dos manos. Tal vez el traficante sea él, que trae cargamento desde Bolivia, desde Paraguay, desde ese otro país que está al lado de Paraguay. No sé si alguien abre la puerta o si él mismo la abre, no logro ver bien. Mira hacia dentro, entra. El encargado, que estaba husmeando cerca del surtidor, va a la casucha y se sienta en una silla que hay delante. Ya me imagino a Ednardo haciendo la tal parada, soltando la bolsota en la mesa, pesando la mercancía, tomando el dinero. O estoy loca, y el hombre realmente no hace nada. Pero Jesucristo, ¿qué hace? Sea lo que sea, ya no es mi problema. Estoy en São Paulo, puedo pedir un taxi, pero miro por el retrovisor, no encuentro ninguno. Veo un coche, la carreta de un reciclador, un camión, ningún vehículo blanco. El pobre solo llama un taxi cuando está al borde de la muerte. Y con solo pensar en entrar a otro transporte, con otro conductor, me da algo. Puede que Ednardo sea traficante y adicto, pero es conocido. De fiar, o por lo menos quiero creer eso, aunque ya hayan pasado casi quince minutos y no aparezca.

34

Despierto con la primera luz del día. Miro alrededor, el ceni-
cero a rebosar, el lienzo despedazado. Mi boca es una pasta
amanecida de restos de Rivotril, alcohol y nicotina. Recuerdo
el porqué de todo eso y el dolor aterriza de nuevo en mi pecho.
Paso directa de la somnolencia al estado de alerta, revisando
el móvil en busca de nueva información. No hay noticias de la
policía, no hay noticias de nadie. Agarro el teléfono de Cacá.
Me sé la contraseña: Cora fue quien me la enseñó, es la fecha de
nacimiento de ella. El grupo del colegio está en silencio, Neide
no tiene novedades, las otras nanas tampoco.

Me levanto. Tengo que hacer algo, cualquier cosa. Voy de
nuevo al cuarto de mi hija, con la esperanza infantil de verla o
encontrar alguna pista que mis ojos de ayer, cansados, no hayan
notado. Abro sin pensar sus armarios, miro su ropa. En la pila de

camisetas hay una hecha bola, la misma Cora debió de guardarla, yo le había pedido a Maju que le enseñara a guardar su propia ropa. Tomo la prenda y la coloco sobre mi rostro. Huelo el tejido con ganas, un soplo que puede hacer a mi hija volver por un segundo. Al comienzo se siente bien, huele a suavizante, pero de repente ese mismo olor comienza a darme mareo. Debe de ser el vino, la ginebra, los tragos que me tomé ayer. Voy al baño, me arrodillo frente al inodoro, pero el vómito no sale. Voy al balcón para tomar aire. No sirve. Necesito más, una atmósfera entera.

Cojo el móvil, me pongo las sandalias. Me veo bajando en el ascensor. Doy la espalda al espejo, aún me niego a registrar mi realidad. Paso por la portería, ahí ya está Chico. Intercambiamos un buen día seco, furtivo. Él sabe lo que ocurre, no tiene el valor de afrontar mi desespero. Salgo caminando por la acera, respirando, recordando la manía que tenía mi hija de solo pisar los baldosines negros, ¿o era solo los blancos?, algo que me pareció tan raro que lo compartí con la psicóloga, que me devolvió una sonrisa grande, diciendo que eso era cosa de niños, y también de algunos adultos.

¿Será que mi hija y yo nos parecemos? Nunca lo supe bien, Cora siempre fue de esas niñas que no tienen tanto de la madre o del padre. Madre, digo en voz alta, repito en voz alta, casi grito, mientras entro a la plaza vacía, solo los árboles son testigos. Uno de ellos es enorme, lleno de raíces. Siento rabia por su estabilidad. Es fácil ser planta y no tener memoria. Es fácil ser planta y no tener voluntad. En su lugar, tampoco me movería, jamás. Como lo hago ahora, sobre el banco, sin siquiera limpiar la mierda de paloma que me sella el culo.

Pienso en Yara. La verdad es que nunca he dejado de pensar en ella, aún con todo lo que ha ocurrido no sale de mi cabeza, apenas se ha quedado en un segundo plano, como un escenario que tiembla detrás de mi drama. Es demasiado temprano para hablar con ella, el día apenas está clareando, pero qué carajos. La llamo, suena cuatro, cinco veces. Ella contesta, la voz de quien acaba de despertarse. ¿Va todo bien? ¿Han encontrado a Cora? Le digo que no. Comienzo a llorar, lágrimas gordas y silenciosas que me mojan el cuello. Ella dice algo para consolarme, no escucho bien, es una frase sin importancia, de esas que la gente suelta ante la catástrofe ajena, un porespán vocal para rellenar la incomodidad. Siento las lágrimas llegar a mi clavícula, tal vez se acumulen ahí, como el agua en un estanque después de la lluvia. El alivio del llanto me da algo de paz, comienzo a estar lista para hablar de nuevo. Sin planear, digo: si Cora no aparece, lo abandono todo y me quedo contigo. Y, pensando que es poco, completo: para siempre. Ella no dice nada. El silencio se prolonga al punto de que pienso que se ha cortado la línea. ¿Yara? Disculpa, dice finalmente, no he contestado porque sigo medio dormida. Y después de otra pausa: pero claro, quedémonos juntas. Ahora quien no dice nada soy yo. Y no lo lograría, mi llanto viene a borbotones. Ella lo nota. Va a decir algo, pero no tengo el estómago para tragarme otro porespán. Le digo que debo irme y cuelgo.

Me levanto, me quito las sandalias. Comienzo a andar descalza por la tierra, los pedruscos puntiagudos de la plaza me hieren las plantas y me parece bien, sigo pisando hacia delante. Entre los dolores, los del cuerpo son casi un alivio.

35

No sé cómo, pero noto que él está llegando. Aparto los ojos de Cora, sabiendo lo que veré, Ednardo acercándose por el borde de la ventana. Tengo la sensación de estar viendo una película, un galán que sale de un lugar misterioso y se acerca a un camión. Creo que me estoy volviendo loca por el cansancio, no es posible, porque la imagen sigue siendo de película, parece un actor, tiene pinta de desconocido, y no sé por qué. Carga la misma bolsa, que parece llena, tal vez tan llena como antes. Su ropa también es la misma, pero tiene algo... Abre la puerta, se sube al camión sin dificultades, tira la bolsa allí al fondo. ¿Todo bien por aquí? Digo que sí, y entonces siento el olor. Bozzano, la misma loción para después de afeitarse que usaba Lauro. Por eso está distinto, se afeitó, se lavó el cabello, ahora de cerca veo que está mojado, cepillado de una manera distinta. Comienzo a reírme, a reírme de mi estupidez, de mi locura, de mis miedos, de las cadenas y los anillos que lanzaría a la mesa del policía, diciendo mire, son joyas falsas, solo me recogió un traficante haciendo autostop. Me sacudo de tanta risa, Ednardo me mira. ¿Qué pasa? Nada, nada, le digo, y me controlo, sería ofensivo contarle todo lo que he pensado. Creo que, si hubiera ocurrido antes, él tal vez habría insistido un poco, preguntaría de nuevo por qué la risa, tal vez me contaría de alguna tía o prima que se reía fácilmente, o de lo difícil que era para él reír así de despreocupado, pero el tipo está demasiado cansado, parece la alfombra de una casa llena de niños, ni el afeitado salva a Ednardo de ser solo los restos de un hombre.

Avanzamos por la ciudad. Siento un alivio y, al tiempo, una presión en el pecho al reconocer el camino, el mismo que hago en el transporte público, la academia de muay thai, la tienda de dulces. Con cada fachada que pasa, mi pecho aprieta aún más. Tengo ganas de llorar, pero parezco lavada en talco. El llanto no sale. Solo se me escurre el moco, como dos ojos en el lugar equivocado. Miro a Ednardo. ¿Y si no uno está en la cabina de mando e, incluso así, nada tiene sentido? Lo piensa un rato. Nunca nada tiene sentido, dice. Luego me pasa un pañuelo. Un pañuelo de tela, hace cuántos años que no veía algo así. Azul claro, cuadriculado blanco, su nombre bordado en hilo azul marino. Me quedo pensando en quién lo hizo, quién tuvo el cuidado de escoger la línea que combina con el tejido, quién diseñó la letra inicial con tantas curvas. Dejo que la persona que abrazó a Ednardo con el pañuelo me abrace también a mí, que abrazo a Cora. ¿Cuánto falta?

Poco, no más de cinco minutos. Es mejor comenzar a pensar en cosas prácticas, tengo que haber resuelto todo cuando lleguemos. Doblo bien el pañuelo, lo coloco en el salpicadero. Le pregunto a Ednardo si le debo algo. Dice que no, claro que no.

Él debería pagarme por la compañía, ha hablado hasta por los codos, no sabe cómo lo he aguantado. Siento gratitud hacia él, esa gratitud que sentimos cuando sabemos que no volveremos a ver a alguien. Cuando la cuenta ya está cerrada, y ya nadie puede cambiar el resultado. Normalmente no le daría nada, siempre he sido tacaña, o cuidadosa, como decía Lauro, pero ahora no me importa tanto tener dinero. Tal vez Ednardo pueda hacer buen uso de algo de dinero para comprarse ese remedio que tanto toma. Me palpo el sujetador, separo dos billetes, los pongo directamente debajo del pañuelo. Iba a despertar a Cora, pero cambio de idea, tengo miedo de que llame a la mamá frente a Ednardo. Solo acomodo mis cosas, reviso que no se me olvide nada. Ni siquiera he visto a tu hija despierta. Te lo dije, los niños solo despiertan a deshoras cuando están enfermos. Él asiente, como si dormir fuera falta de educación. Luego mira de nuevo a Cora. ¿Cómo se llama? Pienso un rato y le digo: Ana. Bonito nombre, dice. Recuerdo que ella fue la que lo escogió, y sonrío.

Luego le pido que dé la vuelta, quiero bajarme al lado opuesto de la estación de taxis. La plaza es grande, hay gente que incluso la llama parque, tardamos unos minutos en darle la vuelta. Aquí está bien, le digo. Él estaciona. Pregunta si necesito ayuda para bajar. Digo que no, ya metí a la Virgencita Negra dentro del bolso, el bolso bajo el brazo, el brazo bajo Cora. Con mi mano libre me apoyo en el soporte, pienso que realmente no soy una dama, bajando de esa manera tan desgarbada. Cuando estoy firme en el suelo le digo: ve con Dios, y me despido con la mano. El camión se va. Miro alrededor, preocupada porque me vean. La única persona en la calle es un hombre con un perro, uno de esos tipos que no se sabe si despertaron muy temprano o aún no se han ido a dormir. Igual me suelto el cresperío: la gente del barrio siempre me ve el cabello recogido, con uniforme blanco, algunos ni siquiera me han reconocido las pocas veces que me han visto sin uniforme. No logran conectar a la nana con la persona, deben de pensar que después del turno la patrona nos desinfla como una pelota y nos guarda en el armario. Pero no quiero siquiera ser vista. Entro rápido a la plaza y voy a un rincón al que nadie va nunca, detrás de unos árboles gruesos que son solo raíces. Conozco ese banco, venía aquí a leer de vez en cuando. Ahora se ve aún más escondido, la luz del día casi no pasa entre las copas de los árboles, siempre es oscuro debajo de esa higuera. Qué bueno, no quiero asustar a Cora, la despierto con amabilidad, soplándole la carita. Ella abre lento los ojos, ¿dónde estamos? Cerca de casa, digo. Luego le explico que vamos a hacer algo muy divertido. Un juego, un desafío. A ella le encantan esas cosas, se retuerce toda cuando los amiguitos le dicen a que no haces tal cosa. Le explico que tiene que llegar sola a la casa, como una niña grande. Maju se va a quedar escondida detrás de las rejas del parque, viéndote. Cora tiene que salir del parque y atravesar la calle cuando le dé la señal, ir hasta el edificio y tocar el intercomunicador. Si no alcanza el botón, tiene que llamar a Chico. Solo ganas si entras en el edificio, ¿entendido? Ella dice que sí. Y no puedes decirle a nadie dónde está Maju. Es un secreto, como en las escondidas.

Dicho esto, comienzo a preparar a Picochuca. O a prepararme, porque ella ya está lista, le arreglo el cabello más como un cariño que otra cosa, le pongo el peluche en la mano. Antes de que salga, la tomo de los hombros. Maju nunca te va a olvidar. Ahora anda. Quiero verte, ¿sí? Ella sale caminando de una manera medio extraña, casi cojeando. Tal vez porque tiene un pie calzado y el otro no. Yo me acerco a las rejas que dan a la calle. Apenas sale del parque, la llamo por el nombre. Le digo que puede cruzar la calle. Rápido, rápido. Ella obedece, ya está del otro lado. Comienza a andar y se detiene, me siento nerviosa, ¿qué ocurre? Luego veo que decidió pisar solo los baldosines blancos de la acera. Al menos es buena en eso, no tarda mucho en llegar delante de la portería. Levanta la punta de los pies y presiona el botón del intercomunicador. También llama por el nombre al portero. Apenas veo que Chico sale de la caseta, me seco la cara y doy la espalda.

Agradecimientos

A Anauila Madalosso, Claria Giacon, a la comunidad yawanawa, Eva Madalosso Patalano, Filó, Gustavo Rocha y su Capullo Feliz, João Bosco, José Ferreira dos Santos, Krishna Mahon, Lucinei Gomes de Araújo, Mara Alves de Souza, Nilson y Sônia Magalhaes, y Regina Gomes da Silva, por el aprendizaje.

A Dedé Bevilaqua, Mateus Baldi y Natalia Timerman, por las lecturas.

A Ana Paula Hisayama, André Conti y Lúcia Riff, por todo.

Y a Pedro Guerra, mi compañero, por todo, y más.

Traducción

Diego Cepeda (Bogotá, 1994) es editor y traductor. Es fundador de Ediciones Vestigio, una editorial de poesía portuguesa y literatura weird. Se especializa en traducción de literatura lusófona y ha traducido, entre otros, *Humus*, de Raul Brandão, *historia natural*, de Marília Garcia, y *El padre de la niña muerta*, de Tiago Ferro. Actualmente desarrolla una investigación doctoral acerca de teoría ficción y literatura experimental latinoamericana en la Universidad de Cornell.

Imagen de cubierta

Sara Morante ha ilustrado novelas, cuentos, poemarios y ensayos de Virginia Woolf, Sylvia Plath y Federico García Lorca, entre otros; es autora de más de sesenta cubiertas de libros. Premio Euskadi de Ilustración 2012 y Premio Nacional de Arte Joven del Gobierno de Cantabria 2008. Como escritora, ha publicado *La vida de las paredes* (Lumen, 2015) y *Flor fané* (Astiberri, 2021).

Prólogo

Elena Medel ha publicado poesía, ensayo y la novela *Las maravillas* (Anagrama, 2020), traducida a quince idiomas, Premio Francisco Umbral al Libro del Año y candidata al Dublin Literary Award 2023.

La colección **El origen del mundo** rastrea otras formas de pensar, sentir y representar la vida. Resignificamos el título del conocido cuadro de Courbet desde una mirada feminista e irónica, para ahondar en la relación entre ciencia, economía, cultura y territorio. Literatura que especula, ficciona y disecciona realidades. Sumergidas en la turbulencia, amplificamos ideas contagiosas y activamos teorías del comienzo.

Grupo asesor

Esta colección se gestó inesperadamente en una comida de cumpleaños de una amiga, a partir de la insistencia por traducir y publicar otras voces. Fieles a este espíritu original, conformamos un grupo asesor en contenidos. No un reducido comité de expertos, sino una muestra de la comunidad amplia y diversa a la que apelamos. Conformamos así una sociedad no secreta con la que compartir conocimientos, a la que escuchamos propuestas. Algunas se publican en esta colección o saltan a otra, algunas se quedan en la recámara, otras no serán. Queremos visibilizar este apoyo y asesoramiento generoso y muchas veces informal, que muchas de vosotras nos vais proporcionando. Entre otras inspiraciones, en 2025 este grupo flexible que nos ha propuesto contenidos ha estado principalmente compuesto por:

Ixiar Rozas, Maielis González, Leire Milikua, Helen Torres, Maria Ptqk, Blanca de la Torre, Teresa López-Pellisa, Elisa McCausland, Rosa Casado, *Pikara Magazine*, Arantxa Mendiharat, Arrate Hidalgo, María Navarro, Remedios Vincent, Daniel García Andújar, Verónica Gerber Bicecci, Iván de la Nuez, Alicia Kopf, Maria Colera, Cabello/Carceller, Cristina Ramos González, Rosa Llop, Claudio Iglesias, Constantino Bértolo, Tamara Tenenbaum, Tania Pleitez, Marta Rebón, Rakel Esparza, Lilian Fernández Hall, Mariano Villarreal, Jorge Carrión, Beñat Sarasola, Katixa Agirre, Goizalde Landabaso, Uxue Alberdi, Carlos Almela, Txani Rodríguez, Mónica Nepote, Laura Casielles, Itzea Goikolea Amiano, Ana González Navarro, Mercedes Melchor, Luz Gómez, Georgina Monge López, Leire Bilbao, Elena Medel, Elisabeth Massana...

Este título ha sido sugerido por la escritora Elena Medel.

www. consonni.org
Producimos y editamos cultura crítica

El origen del mundo

Suite Tokio se terminó de imprimir por Cosmos Gráfico, en Cambre, Galiza, el 28 de julio de 2025, en el aniversario del nacimiento de la pintora neerlandesa Judith Leyster (1609), una de las pocas mujeres del Siglo de Oro que firmó sus cuadros con nombre propio; del filósofo alemán Ludwig Feuerbach (1804), pensador materialista que desmontó las bases religiosas del idealismo y anticipó las tesis marxistas; de la mezzosoprano italiana Giuditta Grisi (1805), estrella del bel canto que estrenó papeles para Bellini y Donizetti; de la escritora británica Beatrix Potter (1866), pionera de la literatura infantil e ilustradora autodidacta, creadora de Peter Rabbit; del artista y teórico uruguayo Joaquín Torres García (1874), creador del Universalismo Constructivo, un lenguaje plástico desde el sur; del artista francés Marcel Duchamp (1887), figura clave del arte contemporáneo, iconoclasta del dadaísmo y el concepto de autoría artística; de la escritora argentina Silvina Ocampo (1903), maestra de lo perturbador y lo fantástico, ganadora del Premio Nacional de Literatura y del Premio Konex de Honor; de la poeta española Gloria Fuertes (1917), cuya voz feminista, tierna y rebelde marcó generaciones; de la escultora mexicana Helen Escobedo (1934), figura clave del arte conceptual y del land art latinoamericano; de la socióloga brasileña Matilde Ribeiro (1960), activista afrodescendiente y defensora de las políticas públicas de igualdad racial; de la bailaora sevillana María Pagés (1963), renovadora del flamenco desde el cuerpo y la palabra; y de la cantante brasileña Daniela Mercury (1965), voz poderosa del axé y referente feminista y LGTBQ+ en América Latina. Por mencionar tan solo a algunas de las muchas activadoras de comienzos.